AF200035

Die dunklen Seiten von New York

Die dunklen Seiten von New York

Inhalt

Ein seltsames Ereignis

Damian hatte auf dem Nachhauseweg von der Party bei seinem Kumpel ein ungutes Gefühl.

Es war eine düstere Nacht, kaum ein Licht war zu sehen. Die Luft war kalt und Nebelschwaden durchzogen die Stadt. Es war, als läge eine erdrückende Stimmung in der Luft, wie sie Damian noch nie erlebt hatte.

Als er so im Dunkeln die schmalen Gassen von New York entlangging, fiel ihm an einer Ecke vor ihm auf, dass dort etwas nicht stimmen konnte. Er sah eine dunkle Person, die einer Frau mit langen roten Haaren scheinbar in den Hals biss. Er blieb erst mal stehen und beobachtete, aber es schien zu stimmen, was er da sah, das konnte keine Einbildung sein. Vor lauter Angst kehrte er um und lief auf einem anderen Weg nach Hause. Er schloss die Fenster, ließ die Rollläden herunter und verriegelte die Tür. Er schob sogar seine Couch davor, damit ja keiner ins Haus kommen konnte.

Damian erinnerte sich an alles, was er über Vampire gehört oder gelesen hatte. Er aß eine ganze Knolle Knoblauch und hielt ein goldenes kleines Kreuz, das an einem Anhänger hing, fest in der Hand, während er im Bett lag.

Er ließ die ganze Nacht das Licht an, aber er fand keinen Schlaf, denn er bekam die Bilder nicht mehr aus dem Kopf. Ständig sah er diesen angsteinflößenden Typen und fragte sich, was wohl aus der Frau geworden war.

Hätte er ihr vielleicht helfen sollen? Die Bilder und Gedanken kreisten durch seinen Kopf und irgendwie konnte er überhaupt nicht mehr abschalten.

Als er am nächsten Morgen das Haus verließ, fing er an, sich Gedanken darüber zu machen, ob er vielleicht doch verrückt wäre. Hatte er sich in der Dunkelheit vielleicht nur etwas eingebildet? Diese Gedanken verfolgten ihn durch den gesamten Tag, und auch in dieser Nacht war an Schlafen kaum zu denken. Er meldete sich auf der Arbeit krank, denn nach diesem Wochenende sah er mittlerweile aus wie eine Leiche. Auch den Rest der Woche fand er keinen Schlaf mehr.

Er merkte, dass es so einfach nicht weitergehen konnte und dass es an der Zeit war, sich professionelle Hilfe zu holen.

Am Donnerstagabend schaltete er wie an den Abenden der ganzen Woche schon den Fernseher ein, und als hätte er es geahnt, lief da doch tatsächlich eine Sendung zum Thema Angst. Als Experte gegen Angst vor überirdischen oder nicht existierenden Wesen und Dingen wurde Professor Doktor Erwin von Osborne vorgestellt. Er war ein Mann so um die sechzig, hatte lange graue Haare und einen grauen Bart.

Erwin von Osborne hatte zuvor zahlreiche Studien darüber durchgeführt, warum so viele Menschen nach einem Horrorfilm oder nach gruseligen Geschichten Angst vor Wesen oder Dingen haben, die überhaupt nicht existieren. Er fragte sich schon seit Jahrzehnten, wie es sein konnte, dass manche Menschen Horrorstorys oder -filme ohne Probleme verkraften und andere tagelang nicht mehr richtig schlafen können und manchmal sogar tagsüber vor Angst verzweifelten. Bei seiner Arbeit habe er durch einen Zufall herausgefunden, wie Personen, denen diese Dinge nachgehen, mittels einer Therapie geheilt werden könnten. Am Ende der Sendung wurden die Kontaktdaten seiner Praxis bekannt gegeben, unter der sich Betroffene melden konnten.

Damian entschied sich, sofort einen Besuch bei diesem Professor zu machen, denn alles, was dieser im Fernsehen beschrieben hatte, klang echt und authentisch und irgendwie konnte er sich damit genau identifizieren. Gleich frühmorgens rief er in der Praxis an und bekam noch am selben Tag einen Termin.

Er machte sich auf den Weg zu der Praxis, und als er dort ankam, traute er seinen Augen nicht. Das Praxisgebäude war geschmückt mit Kreuzen, es hingen seltsame Pflanzen daran, und komisch war auch, dass das Gebäude in einem Silberton gestrichen war. Selbst die Tür und die Fensterrahmen waren aus Silber.

„Warum nur?", fragte sich Damian, wo war er hier gelandet? Damian ging durch die Haustür und geradeaus durch das Treppenhaus in die Praxis. Obwohl das Haus riesig erschien, bestand die Praxis nur aus einem kleinen Flur und zwei Räumen, einem Warteraum und dem Praxisraum des Doktors.

Damian nahm im Wartebereich Platz und es dauerte nicht lange, bis Professor Doktor von Osborne ihn aufrief: „Herr Hill!" Damian stand auf und betrat das Praxiszimmer des Doktors.

„Setzen Sie sich."

Kaum hatte Damian auf der hellbraunen Ledercouch Platz genommen, da begann dieser ihn auch schon auszufragen.

„Was ist Ihre Angst?"

„Vampire."

„Wann ist Ihre Angst am schlimmsten?"

„Nachts."

Es folgten noch viele weitere Fragen, doch zum Schluss kam die wichtigste: „Haben Sie schon jemals ein solches Wesen wirklich gesehen?"

Damian antwortete ohne zu zögern: „Ja, letztes Wochenende in der Fisherman Street."

Der Professor wurde bleich im Gesicht, man konnte zusehen, wie in weniger als einer Sekunde die Farbe aus seinem Gesicht verschwand. Er schloss sofort das Fenster, das bis dahin offen gestanden hatte.

„Haben Sie jemandem davon erzählt? Der Polizei, einem Freund oder irgendjemand anderem?"

„Nein", antwortete Damian.

„Gut. Tun Sie das auch niemals."

Damian verstand die Welt nicht mehr. Er fragte: „Was ist hier los? Ich dachte, so etwas gibt es gar nicht und ich werde einfach nur verrückt."

Der Professor grinste und sagte: „Die Geschichten über Geister, Dämonen und Wesen aus der Unterwelt sind alle wahr. Sie können sich sicher sein, es gibt Vampire, aber glauben Sie mir, es gibt noch weitaus schlimmere Wesen da draußen. Wesen, die Sie nicht kennenlernen wollen. Sie halten sich meist bedeckt und viele sind für den Menschen weitestgehend ungefährlich. Allerdings nehmen diese Wesen es einem sehr übel, wenn man anderen von ihnen erzählt und damit die Existenz ihrer Welt preisgibt. Meist werden die Personen, die von ihnen erzählen, als bekloppt eingestuft. Warum, glauben Sie, werden manche Menschen plötzlich vermeintlich ohne Grund in die Psychiatrie gesteckt? Denken Sie, das ist alles Zufall? Sicher ist, dass die Wesen immer unter uns sind.

Warum, glauben Sie, gibt es Katzenladys? Denken Sie wirklich, das sind Menschen? Glauben Sie, jemand wäre so verrückt und würde sich zwanzig Katzen halten? Nein, es sind Trolle, die sich die Katzen halten, um diese zu essen. Kein Mensch käme auf die Idee, sich um so viele Katzen zu kümmern. Aber es gibt auch gute Wesen, meist sind sie den Menschen gegenüber sogar sehr aufgeschlossen. Haben Sie jemals mitbekommen, wie ein kleines Kind, sobald es einen schweren Schicksalsschlag erlitten hat, plötzlich einen Hund zur

Seite gestellt bekommt? Manchmal läuft ihm dieser seltsamerweise genau in diesem Moment zu.

Ich kann Ihnen nur den Rat geben, alles, was Sie scheinbar als normal ansehen, zu hinterfragen. Warum gibt es Haie und Delphine? Auch das sind versteckte Wesen, die sich einen komplexen Körper angelegt haben, um nicht erkannt zu werden. Haie sind Dämonen, die so einen Weg gefunden haben, von den Menschen nicht entdeckt zu werden.

Einige der Wesen verhalten sich ruhig, von anderen hört man ständig etwas. Wann immer Morde nicht aufgeklärt werden oder wann immer Sie hören, jemand sei von Aliens entführt worden oder habe Geister gesehen, seien Sie sich bewusst, dass hier Wesen am Werk waren, die nicht entdeckt werden wollen. Seien Sie also äußerst vorsichtig mit Äußerungen über diese Wesen, sie werden Sie sonst finden, und glauben Sie mir, Ihr Leben kann dann schnell zerstört sein oder Sie können sogar in den Tod gerissen werden."

Damian weigerte sich, den Ausführungen des Doktors zu glauben, und je mehr dieser von den Wesen und ihrer absurden Welt erzählte, umso mehr kam er zu dem Entschluss, dass nicht er, sondern der Professor verrückt sei.

„Okay, danke für Ihre Hilfe", sagte Damian und verließ die Praxis. Auf dem Nachhauseweg gingen ihm viele Gedanken durch den Kopf, aber als er sich noch einmal klar machte, dass sicher der Doktor und nicht er verrückt sei, da verschwanden seine Ängste und unguten Gefühle so schnell, wie sie aufgetaucht waren.

Er hinterfragte sich, wahrscheinlich hatte er in der Partynacht nicht wirklich einen Vampir gesehen, sondern er hatte einfach nur zu viel getrunken und sich deshalb das Ganze im Schatten der Dunkelheit nur eingebildet.

Zu Hause angekommen, war dies der erste Nachmittag und Abend seit dem unheimlichen Ereignis, an dem ihn kein ungutes Gefühl und auch keine Angst begleiteten, auch das Ein- und Durchschlafen ohne Knoblauch schien überhaupt kein Problem mehr zu sein.

Also gibt es sie doch!

Die darauffolgenden Tage vergingen wie im Flug, denn Damian nutzte die Zeit, um sich mal anständig auszuschlafen. Nach einer Woche war er wieder fit und ging seinem langweiligen Job im Büro nach. Er war wieder voll konzentriert und es schien so, als hätte der Doktor ihn mit seinen provokanten Methoden tatsächlich geheilt. Auch sein Chef war froh, dass er nach seiner Krankheit wieder da war, denn es gab momentan einiges zu tun. Er begrüßte Damian mit: „Herr Hill, schön, dass Sie wieder für uns da sind. Gehts Ihnen gut?" Damian antwortete: „Alles bestens, ich bin wieder fit."
„Das freut mich", antwortete der Unternehmensgründer.
Als Damian an diesem Freitag fertig war und von der Arbeit nach Hause ging, da hörte er plötzlich eine Stimme: „Komm, miez, miez, miez!"
Er sah zur rechten Straßenseite hinüber und erblickte dort eine alte Frau mit einem faltenreichen Gesicht und schneeweißen Haaren, die ein graues Kleid anhatte. Sie trug einen braunen Pappkarton, in dem sich vier Katzen befanden, und wollte gerade die fünfte dazu bewegen, dass sie zu den anderen in den Karton hüpfte. Sie schien sehr nett und freundlich zu sein, denn sie rief die Katze mit einer beruhigenden und liebevollen Stimme. Und als die fünfte Katze in den Karton gehüpft war, ging sie behutsam mit dem Karton ein paar Meter weiter in ihr Haus hinein.

In diesem Moment schossen Damian die Erinnerungen an den Professor durch den Kopf. Sein erster Gedanke war: „Katzenlady." Aber konnte das wirklich sein? So eine freundliche alte Dame. Er beschloss, dem Ganzen auf den Grund zu gehen, um so seiner Angst und seinen Restzweifeln endgültig entgegenzuwirken und seine Gedanken an solche Wesen für immer loszuwerden. Ängstlich und mit leichtem Zittern schlich er sich zum Haus der alten Dame, er öffnete langsam und so leise wie möglich das alte rostige Gartentor, als ein leises Quietschen erklang. „Mist, hoffentlich hat sie mich nicht gehört." Er blieb einen Moment stehen, doch es rührte sich nirgendwo etwas, also beschloss er, ums Haus herumzuschleichen. Dort, mitten im Garten, hatte er Einblick durch ein Fenster. Schnell war klar, dass es sich dabei um das Küchenfenster handelte. Damian blickte hinein, und dann sah er es: Das kleine Körbchen mit den fünf Katzen stand auf dem Küchentisch. Ein eiskalter Schauer überlief seinen gesamten Körper. Jetzt war er sich sicher, dass es sich um eine Katzenlady handelte. Doch was sollte oder könnte er tun, um die Katzen vielleicht zu retten? Während er noch überlegte, ging plötzlich die Küchentür auf. Damian zuckte ängstlich zusammen, doch es war nur die alte Dame, die die Küche betrat, die Katzen streichelte und sie mit Leckereien verwöhnte.

Damian fiel ein Stein vom Herzen und vor Erleichterung dachte er: „Puh, da hab ich mich wohl geirrt, nichts wie ab nach Hause!"

Er drehte sich um und wollte sich gerade auf den Heimweg machen, da hörte er aus der Küche in einem schrecklichen Ton, der in seinen Ohren pfiff: „Miau, miau!" Er drehte sich im Reflex ein letztes Mal zum Küchenfenster um und stand vor ihm: einem riesengroßen giftgrünen Troll. Dieser blickte Damian mit seinen feuerroten großen Augen direkt an, in seiner Klaue hielt er eine Katze am Genick gepackt, die er in Richtung seines mit rasiermesserscharfen Zähnen gespickten Mundes bewegte.

Auf dem Küchentisch lag die Haut der alten Dame, die nun einem abgelegten Kostüm glich.

Damian blieb erst einmal stehen, denn er befand sich in einer kurzen, aber intensiven Schockstarre. Doch dann packte ihn der Gedanke, dass er so schnell wie möglich hier wegmusste, denn vielleicht fraßen Trolle auch Menschen und gegen solch einen Riesen hätte er wohl kaum eine Chance.

Er hatte Angst, doch er rannte einfach los. Beim Laufen blickte er sich ständig um, ob irgendwer hinter ihm her war. Dabei vergaß er, dass es ja auch noch das alte Gartentor gab; beim Hinauslaufen blieb er mit seinem blauen Pullover daran hängen. Panisch versuchte er sich zu befreien, doch es funktionierte nicht so richtig. Ängstlich blickte er in den Garten zurück. Dann zog er mit einem kräftigen Ruck an dem Pullover, wobei dieser zerriss. Zwar war jetzt sein Pulli kaputt, aber Gott sei Dank war er nun wieder frei und konnte am Haus vorbei weiterlaufen.

Als er um die letzte Ecke des Hauses herum war, rannte er gegen eine Person und fiel zu Boden.

„Langsam, mein Junge", sprach eine liebe und freundliche Stimme. Damian hob den Kopf, um die Person anzuschauen. Es war die alte Katzenlady. Mit weit aufgerissenen Augen und ängstlich verzerrtem Gesicht blickte er sie an. Dann rutschte er vor Angst auf dem Boden blitzschnell einen Meter von ihr weg.

„Was ist denn los? Magst du mir nicht ein wenig Gesellschaft leisten?"

Er stand so schnell er konnte auf und lief nach Hause. Dabei hörte er die alte Frau ihm hinterherlachen mit einer Stimme, so tief und dunkel, wie er sie selten gehört hatte: „Hahaha!"

Zu Hause angekommen, verschloss Damian erneut alle Fenster und Türen. Er zitterte am ganzen Körper, hatte vor Angst Schweißausbrüche und seine Gesichtsfarbe entgleiste derart ins Weiße, dass man hätte meinen können, dass er selbst ein Schreckgespenst sei.

Wieder nahm er seine Utensilien hervor. Er schmückte die Wohnung mit Knoblauch, aß wieder eine ganze Knolle davon und auch sein Kreuz hielt er erneut fest in der Hand. Doch nichts half gegen seine Angst, denn niemals zuvor hatte er auch nur ansatzweise etwas über Trolle gehört, geschweige denn, wie man sie aufhalten könnte. Diese großen roten Augen und diese messerscharfen Zähne gingen ihm nicht mehr aus dem Kopf und er wusste: Sollte dieser riesige Troll ihm gefolgt sein, dann könnte er wahrscheinlich mit einem einzigen

Fußtritt seine Wohnungstür aus den Angeln reißen. Schlimme Gedanken und Befürchtungen kreisten durch seinen Kopf, aber die größte Frage war, wie er nach dieser Erfahrung jemals wieder schlafen sollte.

Er schaltete den Fernseher ein, um sich wenigstens ein bisschen abzulenken, doch es half nichts, seine Angst war so groß, dass er nicht mal mehr richtig mitbekam, was für ein Programm lief.

Erste Vorsichtsmaßnahmen

Es war mittlerweile tiefe Nacht geworden und irgendwann hörte er draußen Gebelle und Gejaule. Damian dachte für sich: „Na typisch, die Nachbarshunde sind wieder abgehauen."
Genervt ging er Richtung Fenster und blickte hinaus. Der Mond schien sehr hell und es war eine so klare Nacht, dass man weit die Straße hinunterblicken konnte. Er sah, wie die Hunde an seinem Haus vorbeiliefen. Doch plötzlich trat einer von ihnen auf etwas, worauf seine Pfote sofort Feuer fing. Darauf schüttelte er seine Pfote so stark, dass dieser klirrend gegen Damians Fenster flog und auf der Fensterbank liegen blieb. Dann löschte der Hund sein brennendes Bein beim Laufen im Wind, während er den anderen hinterherhumpelte.
Als Damian auf die Fensterbank blickte, lag da ein kleiner silberner Ring. Jetzt war ihm klar, dass es sich bei den Hunden um Werwölfe handeln musste. Er dachte bei sich: „Na toll, auch das noch, neben Vampiren, Trollen und verrückten Professoren gibt es jetzt auch noch Werwölfe."
Damian erinnerte sich an die Worte des Doktors und es schien so, als könnte man, sobald man einmal ein solches Wesen gesehen hatte, sie ständig und überall wahrnehmen. Er war sich sicher, dass er in dieser Nacht wohl kein bisschen würde schlafen können.
Als die Nacht zu Ende ging und es draußen langsam hell wurde, da fielen ihm vor Erschöpfung die Augen zu, und als er gerade

eingeschlafen war, da riss ihn ein lautes Klopfen an der Tür aus seinem Schlaf. Damian sprang sofort erschrocken auf und lief mit einem Besenstiel bewaffnet zur Tür.

„Wer ist da?"

„Ich bin es, Peter!"

„Welcher Peter?"

„Na Peter, dein bester Freund, wir kennen uns schon seit unserer Kindheit. Was ist denn los mit dir? Mach auf!"

Damian öffnete vorsichtig die Tür.

Peter fragte ihn: „Damian, mein Freund, was ist los?"

„Ach Peter, ich hatte einen Albtraum und habe sehr schlecht geschlafen. Tut mir leid."

„Ja, man sieht es dir an, du bist ja kreidebleich im Gesicht."

„Peter, ich habe diese Probleme schon länger und fühle mich auch richtig schlecht."

„Damian, du solltest mal zum Arzt gehen."

„Ja, wahrscheinlich hast du Recht, wie so oft."

„Noch was, die Jungs und ich vermissen dich. Es wäre schön, mal wieder etwas zusammen zu unternehmen."

„Peter, sag den Jungs, es tut mir leid, ich stand die letzten Wochen unter Druck, aber wir holen das bald alles nach."

„Okay, mein Freund, wir freuen uns. Dann lass ich dich mal schlafen."

„Danke, Peter, bis bald."

Kaum war sein Freund zur Tür hinaus, wurde Damian wieder ängstlich und er entschied sich, erneut Professor Erwin von Osborne anzurufen. „So ein Mist, wo habe ich nur die verdammte Nummer hingetan?" Hektisch fing er an, die Wohnung zu durchsuchen, doch er fand den Zettel nicht. Er durchwühlte den Zeitungsstapel der letzten Woche und dann fand er ihn endlich. Zitternd wählte er die Nummer, es läutete nur ein einziges Mal, bevor jemand abnahm.

„Professor von Osborn, was kann ich für Sie tun?"

„Ich bin es, Damian, der Junge mit der Vampirangst."

„Ja, ich erinnere mich. Freut mich, dass Sie noch am Leben sind. Was kann ich für Sie tun?"

„Zunächst mal wäre es schön, wenn Sie mir noch einmal einen Termin geben könnten. Es ist dringend, denn es ist etwas passiert." Damian wollte gerade anfangen zu erzählen, da unterbrach ihn der Professor mit den Worten: „Pst, Sie sollen doch nichts laut sagen. Das besprechen wir lieber beim Termin. Sie können heute Mittag gern um 14 Uhr vorbeikommen."

„Danke, mach ich."

Wenigstens konnte Damian nun ein paar Stunden beruhigt schlafen, und als er mittags wach wurde, machte er sich gleich auf den Weg zum Professor.

Aufgeregt und hektisch betrat er die Praxis, doch der Professor beruhigte ihn. „So, jetzt setzen Sie sich erst mal, Herr Hill, und dann erzählen Sie mir in Ruhe, was vorgefallen ist.

Damian erzählte ihm die ganze Geschichte, angefangen mit dem Moment, als es ihm besser ging. Dann berichtete er von dem Troll und von dem Werwolfvorfall.

Osborne sagte zu ihm: „Noch einmal, die oberste Regel ist, sprechen Sie mit niemandem da draußen, das kann sehr gefährlich für Sie werden. Zweite Regel, spionieren Sie den Wesen nicht nach, auch das können sie überhaupt nicht leiden und es macht sie sehr wütend. Ich weiß, Sie haben es gemacht, weil Sie Ihre Angst in den Griff bekommen wollten, aber unterlassen Sie es ab sofort. Ich gebe Ihnen noch einen Geheimtipp: Ein guter Freund und ich haben jahrelang an den Wesen geforscht. Da Sie solche Angst vor Trollen haben, gebe ich Ihnen folgenden Rat: Benutzen Sie jeden Tag Moschusparfum. Trolle können diesen Geruch überhaupt nicht leiden, es ist für sie wie für uns der Gestank von verfaulten Tierleichen. Zudem verursacht einer der Stoffe in diesem Parfum bei Trollen riesige Qualen und Schmerzen, sobald sie damit in Berührung kommen. Sie erleiden schlimmste Verbrennungen mit eitrigen Pusteln. Sollte also ein Troll dennoch auf die Idee kommen, Sie anzugreifen, dann wird er nach nur einer Berührung sofort von Ihnen ablassen und weglaufen. Außerdem empfehle ich Ihnen, die Haustür und die Fenster mit Silberspray einzusprühen, um Werwölfe von Ihrem Haus fernzuhalten. Das, zusammen mit den bereits von Ihnen getroffenen Vorkehrungen, sollte Sie nachts zu Hause schützen. Silberspray und Parfum habe ich noch da, wenn Sie direkt welches mitnehmen wollen."

„Ja klar", antwortete Damian. Er nahm beides vom Doktor entgegen und bedankte sich. Dann nahm er das Parfum und sprühte sich von unten bis oben ein. Das gab ihm ein Gefühl der Sicherheit und

Erleichterung. Er bezahlte die Rechnung beim Doktor, verabschiedete sich und ging zufrieden und gelassen nach Hause. Er wusste, nun würde ihm kein Monster der Unterwelt mehr etwas anhaben können.

Zu Hause angekommen, verlor Damian keine Zeit und besprühte die Tür und alle Fenster seiner Wohnung mit dem Silberspray. An diesem Abend war er so erleichtert, dass er sofort einschlief, und sein Schlaf war so tief und fest, dass er nicht einmal das Hundegebell in dieser Nacht wahrnahm und friedlich die ganze Nacht durchschlief.

Es hört nicht auf

Kaum war er am nächsten Morgen wach, da klingelte auch schon sein Handy.

Er hob ab, es war sein bester Freund.

„Hi, ich bin es, Peter. Wie sieht es aus? Wir wollen nächsten Samstag ins Schwimmbad gehen. Bist du dabei?"

„Klar bin ich dabei. Wann treffen wir uns?"

„Wir treffen uns um 15 Uhr vorm Schwimmbad."

„Okay, super, dann bis Samstag."

In den nächsten Tagen legte Damian immer morgens nach dem Aufstehen Moschus auf, das gab ihm die nötige Sicherheit, die er brauchte. Die Zeit verging sehr schnell und ehe er sich's versah, war es auch schon Samstag. Endlich konnte er sich wieder mit seinen alten Kumpeln treffen, er hatte sie sehr vermisst in den letzten Wochen.

Pünktlich um 15 Uhr trafen sie vor dem Schwimmbad ein. Peter, Sam und Steven freuten sich sehr, Damian endlich wiederzusehen. Gemeinsam betraten sie das Schwimmbad und setzten sich mit ihren Handtüchern an denselben Platz wie immer. Sie genossen den Moment und lachten viel, als sie über alte Zeiten quatschten. Sogar die tolle Party vor ein paar Wochen wurde besprochen und Damian ergriff dazu das Wort.

„Jungs, also ihr werdet es mir bestimmt nicht glauben, aber als ich von der Party nach Hause ging, da …" In diesem Moment erinnerte er sich an die Regel, niemals jemandem davon zu erzählen.

Es herrschte plötzlich Stille und Sam fragte: „Was da?"

Damian antwortete: „Da ist mir plötzlich schlecht geworden und ich habe unserem alten Klassenlehrer vor die Tür gekotzt. Keiner hat mich gesehen und ich bin sofort weggelaufen."

Die Jungs lachten und Steven sagte: „Das geschieht dem alten Herr Strycklen recht, das war die Strafe für unser Nachsitzen früher."

„Genug gequasselt, lasst uns endlich Spaß haben und ins Wasser gehen", sagte Peter.

So machten sich die vier Jungs auf zum Schwimmbecken. Peter lief direkt vor Damian und als er so vor sich hin sah, entdeckte Damian an Peters Bein eine riesige Brandnarbe.

„Peter, was hast du mit deinem Bein gemacht? Das sieht ja schlimm aus. Was ist passiert?"

„Ach das, das war ein Unfall. Vor ein paar Wochen hatte ich mit den Jungs eine Motorradtour gemacht und bin gestürzt. Leider ist das Motorrad mit dem heißen Auspuff auf mein Bein gefallen und hat sich eingebrannt."

Damian sagte: „Das sieht wirklich schlimm aus."

„Ja, ich weiß. Ich war bereits beim Arzt, es ist nur eine oberflächliche Verbrennung, also mach dir keine Sorgen. Bleibt zwar 'ne Narbe zurück, aber sonst ist alles in Ordnung."

„Okay, dann lasst uns ins Wasser gehen."

Damian stand noch am Rand des Beckens, als seine drei Freunde schon auf dem Dreimeterbrett damit begannen, Saltos und andere verrückte Stunts zu machen. Erstaunt von den Kunststücken, stand er wie versteinert dort und beobachtete sie. Woher konnten sie nur solche Tricks?

Dann riefen ihm alle drei zu: „Los, Damian, komm, mach mit!"

„Nein, das kann ich nicht."

Sam und Steven lachten ihn aus, doch Peter ging zu ihm und fragte: „Was ist denn los? Mach mit!"

„Nein, das kann ich nicht."

„Natürlich kannst du das, du musst es nur einmal ausprobieren. Wir drei waren am Anfang auch nicht perfekt, aber wir haben die letzten Wochen geübt und jetzt können wir es. Versuch es doch mal, es kann dir nichts passieren."

Damian nahm seinen ganzen Mut zusammen und kletterte die Leiter des Dreimeterturms hinauf. Es fühlte sich an, als würden sich die Blicke seiner Freunde in seine Haut brennen, er konnte richtig fühlen, wie sie ihn bei jedem Schritt beobachteten. Oben angekommen, schaltete er völlig ab, er nahm viel Anlauf und sprang mit einem Saltoversuch, der ihm sehr gut gelang, ins Wasser. Er war noch total überrascht von seiner neuen Fähigkeit, als Peter schon zu ihm kam und ihm auf die Schulter klopfte.

„Na siehst du, hat doch super funktioniert. Mit uns kann man Spaß haben, das weißt du doch. Lass uns demnächst mal wieder etwas zusammen unternehmen."

„Ja, du hast Recht, ich versuche wieder mehr Zeit für euch zu finden."

Sie genossen die restlichen Stunden im Bad und nach dem Abduschen machte sich jeder wieder auf den Heimweg.

Damian warf noch in die Runde: „Jungs, es tut gut, euch wiederzuhaben. Nächstes Mal bin ich wieder mit dabei."

„Klar, lass uns einfach wieder was ausmachen", sagte Peter.

Damian machte sich auf den Weg und dachte darüber nach, wie gut es ihm getan hatte, endlich seine Freunde wiederzusehen. Wenn er ihnen auch nichts von der Vampirgeschichte erzählen konnte, so waren sie doch trotzdem für ihn da.

Zu Hause angekommen, ließ er sich auf seine Couch fallen und schaltete den Fernseher ein. Doch die entspannte Atmosphäre war nicht von Dauer, denn plötzlich hörte er ein sehr lautes Rumpeln im Flur. Er wollte gerade nachsehen, da flog die Tür auch schon mit Schwung aus den Angeln. Fast hätte die Tür ihn getroffen, aber er hatte noch mal Glück. Mit erschrockenem Blick schaute er Richtung Eingang. Da stand ein riesiger Troll mit feuerroten Augen.

„So, Junge, du hast mich das letzte Mal beim Essen gestört, dafür wirst du mir büßen."

Es war der Troll, den Damian beobachtet hatte. Aber wie konnte das sein? Wie konnte er trotz Moschusduft hier in der Wohnung stehen? Doch dann dämmerte es Damian. Er hatte im Schwimmbad sein ganzes Moschus abgewaschen und hatte versäumt, neues aufzulegen.

Er wusste, dass er kaum eine Chance hatte gegen diesen Troll, der jetzt schon mitten im Raum stand. Er würde ihn wahrscheinlich zermalmen oder einfach auseinanderreißen, vielleicht würde er ihn sogar essen. Was sollte Damian nur machen? Dann fiel ihm ein, dass er nur eine einzige Chance hatte, dem Monster zu entkommen. Er musste ins Badezimmer, denn dort auf dem Spiegelschrank hatte er die Flasche mit dem Moschus stehen lassen. Aber wie sollte er ins Bad kommen? Der Troll stand genau im Weg zum Badezimmer. Er wusste, wenn er ihn packen würde, dann wäre es für ihn gelaufen. Nur der Wohnzimmertisch stand jetzt noch zwischen ihm und dem Troll. Er wurde zittrig und musste etwas tun.

Dann entdeckte er auf dem Tisch ein Wasserglas, dass noch vom Vorabend dort stand. Ohne zu zögern nahm er es und warf es dem Troll ins Gesicht. Und während der Troll abgelenkt war und mit seiner großen grünen Hand für einen kurzen Moment sein schmerzverzerrtes Gesicht hielt, huschte Damian so schnell er konnte an ihm vorbei ins Badezimmer.

Er sieht schon das Moschus in greifbarer Nähe, streckt die Hand aus und gerade, als er zugreifen will, da springt ihm der Troll nach, wirft sich dabei auf den Boden und packt Damian mit einer Hand am Bein, sodass er ebenfalls zu Boden stürzt. Eine riesige Erschütterung durchzieht das Haus, dass man meinen könnte, ein Erdbeben sei ausgebrochen.

Damian blickt nach oben und sieht die Moschusflasche auf dem Schrank. Es scheint unmöglich zu sein, da heranzukommen. Doch gerade als der Troll ihn an seinem Bein aus dem Bad ziehen will, schlägt Damian mit letzter Kraft gegen den Schrank. Die Moschusflasche fängt auf der Schrankkante an zu wackeln, so dass man das leichte Klirren hören kann. Und dann passiert es, die Flasche fällt herunter, schlägt mit einem lauten Knall auf die Badezimmerfließen und zerbricht in hunderte kleine Scherben, dabei spritzt das Moschus durch den ganzen Raum. Auch der Troll bekommt einige Tropfen ab und überall dort, wo ihn das Moschus trifft, entstehen riesige eitrige Pusteln. Schreiend vor Schmerzen lässt er Damian los und verschwindet so schnell aus der Wohnung, wie er gekommen war.

„Puh, Glück gehabt, und ein Hoch auf den Doktor."
Wenigstens rochen er und die ganze Wohnung jetzt nach Moschus, das sollte wohl für den Rest des Wochenendes ausreichen, um die Trolle fernzuhalten.

Anschließend nahm Damian sein Werkzeug und brachte die Tür wieder in Ordnung. Er dachte bei sich: „Gut, dass ich handwerklich begabt bin, denn das hätte ich meinem Vermieter wohl niemals erklären können." Zwar hatte die Tür ein paar Schrammen abbekommen, aber sie hing nun wieder einsatzfähig in der Verankerung.

Dann rief er Peter an und verabredete sich mit ihm und den Jungs für das kommende Wochenende, um mal wieder richtig feiern zu gehen. Sie einigten sich auf den Moonshining Club, der am nächsten Wochenende Eröffnung hatte.

Falsche Freunde und ein nettes Mädchen

Die Arbeitswoche von Damian verlief wie immer, und da er sich bereits am Montag wieder mit Moschus eindeckte, fühlte er sich auch zu Hause weiterhin so sicher, dass er die Nächte durchschlafen konnte.

Endlich war wieder Wochenende. Er machte sich fertig, um an diesem Abend mit seinen Freunden ausgiebig zu feiern. Als er beim Moonshining Club ankam, warteten die anderen bereits auf ihn. Peter hatte extra vorab einen Tisch reserviert und deshalb brauchten sie nicht lange anzustehen, sondern konnten sofort reingehen.

Die vier Jungs setzten sich an ihren Tisch und machten es sich gemütlich. Der Kellner brachte ihnen eine Flasche Champagner. Sie ließen ihre Gläser füllen und stießen auf einen guten Abend an. Als sie die Flasche ausgetrunken hatten, machten sie sich auf den Weg zur Tanzfläche, die bereits ziemlich voll war. Die bunten Lichter der Diskoanlage strahlten und es lag eine ausgelassene Feierstimmung in der Luft.

Die Jungs waren gerade mitten im Tanzfieber, da stieß Peter Damian an und flüsterte ihm ins Ohr: „Wir gehen schnell mal zur Toilette. Warte du hier und schau ein bisschen nach unserem Tisch, wir sind gleich zurück."

Damian tanzte allein weiter, und als sein Blick durch den Raum wanderte, da traf er sich plötzlich mit dem einer jungen Frau. Sie war wunderschön, hatte lange blonde Haare, blaue Augen und trug einen Minirock mit Stiefeln und ein schwarzes Top.

Damian war begeistert von ihr und ihrem sympathischen Blick und ihr schien es ähnlich zu gehen. Damian schaute sie an und zeigte mit der Hand zur Bar, dann winkte er sie zu sich. Begeistert von seinem entschlossenen Auftreten, nickte sie ihm zu und folgte ihm in Richtung der Theke.

Damian sagte: „Hi, du bist mir sehr sympathisch. Wie heißt du?"

Sie lächelte ihn an und sagte: „Hi, ich bin Hailey, und wie heißt du?"

Damian antwortete: „Ich heiße Damian. Darf ich dich auf ein Glas Champagner einladen?"

„Klar, ich liebe Champagner."

Es entwickelte sich eine angeregte Unterhaltung zwischen den beiden und sie merkten schnell, dass sie sich mochten. Damian wollte sie gerade küssen, da kam Peter plötzlich blutüberströmt aus der Toilette gelaufen.

„Peter, wo wart ihr?"

„Keine Zeit für Erklärungen. Wir hatten eine Schlägerei auf der Toilette und müssen so schnell es geht hier weg."

Damian entschuldigte sich bei Hailey: „Tut mir leid, Süße, aber wir müssen los. Hier hast du meine Visitenkarte. Ruf mich an."

Dann liefen die beiden zum Ausgang, während aus Richtung der Toilette schon die Security kam, um sie zu suchen. Doch Peter und Damian sahen sie rechtzeitig und konnten ihnen entkommen.

Draußen angekommen, fragte Damian völlig außer Puste: „Peter, was war da drinnen los?"

Er hatte seine Frage gerade ausgesprochen, da sah er, wie Peters Augen vom Licht des Vollmonds zu leuchten begannen. Damian schaute ihn mit großen Augen entsetzt an.

Peter fragte: „Was ist denn los, Damian?"

Mit stotternder und ängstlicher Stimme antwortete er: „Du ... du bist ein Werwolf."

„Ja, das sind wir alle, Damian. Komm, mach mit und sei einer von uns. Wir vermissen dich und hätten dich gern an unserer Seite."

Die anderen Jungs kamen langsam in Damians Richtung und mit jedem Schritt bekamen sie mehr und mehr Haare und schienen sich langsam in Wölfe zu verwandeln. Je näher sie Damian kamen, umso mehr Schritte wich Damian von ihnen zurück.

„Komm schon, Damian, sei kein Narr, es ist toll, ein Werwolf zu sein, es gibt dir fantastische Fähigkeiten und Talente. Davon abgesehen, ist New York sowieso überbevölkert und wir essen nie mehr als einen Menschen pro Mond."

Beinahe hätte Damian sich übergeben müssen, doch er drehte sich um und lief so schnell er konnte in Richtung seines Zuhauses. Sam und Steven wollten ihn gerade verfolgen, doch Peter stoppte sie und sagte: „Lasst ihn, er wird schon noch zur Vernunft kommen."

Damians Wohnung war nicht weit entfernt, aber aufgrund seiner großen Angst und Panik kam es ihm so vor, als würde er schon ewig laufen, und als er endlich zu Hause angekommen war, entschied er sich, sofort neben dem Moschusparfum immer etwas Silbernes bei sich zu tragen, um auch vor Werwölfen geschützt zu sein.

Er wusste, dass es in seiner Straße ein Juweliergeschäft gab, und so plante er für morgen ein, dort vorbeizugehen, um sich mit Silber einzudecken.

Er machte sich schon frühmorgens auf den Weg, und kaum hatte er das Geschäft betreten, da kam ihm auch schon der Verkäufer entgegen: „Guten Morgen, wie kann ich Ihnen helfen?"

Damian antwortete: „Ich suche eine silberne Kette und einen silbernen Ring für mich."

Der Verkäufer nahm die Maße von Damian und fragte: „Wie soll der Schmuck aussehen? Was soll er denn für einen Silbergehalt haben?"

Damian wollte unbedingt auf Nummer sicher gehen, und da er Angst hatte, dass weniger Silber seine Wirkung verfehlen könnte, gab er dem Verkäufer folgende Antwort: „Wissen Sie, das Aussehen ist mir relativ egal, Hauptsache, beides hat den höchsten Silbergehalt, den es gibt."

Der Händler war verwundert, nahm eine Kette und einen Ring aus reinem Silber aus einer Schublade und legte sie Damian mit den Worten „Passt das so?" auf die Ladentheke.

Damian nickte: „Perfekt, die nehme ich." Dann bezahlte er den Schmuck eilig, zog ihn an und verließ schnell das Juweliergeschäft. Nun war er endlich und überall vor Werwölfen sicher, denn er wusste, dass ihm mit der Kombination von Silber und Moschus niemals etwas passieren könnte.

Als er so auf dem Nachhauseweg durch die Straßen schlenderte, da klingelte sein Handy.

„Hey, ich bin es, Hailey, das Mädchen aus dem Club. Wir haben uns am Wochenende kennengelernt. Erinnerst du dich?"

„Hailey, natürlich weiß ich, wer du bist. Schön, dass du anrufst, obwohl ich am Wochenende so schnell wegmusste."

„Was war denn los, Damian? Wir hatten so viel Spaß. Kurzzeitig dachte ich sogar daran, dich zu küssen, doch dann bist du mit deinen Kumpels ohne Erklärung einfach abgehauen. Ich habe stundenlang überlegt, ob ich dich überhaupt anrufen soll. Ich dachte, du magst mich vielleicht doch nicht."

„Hör mal, Hailey, das Ganze hatte überhaupt nichts mit dir zu tun. Die Jungs hatten auf dem Klo eine schlimme Schlägerei und wir mussten leider sofort weg."

„Die Polizei sucht nach deinen Freunden. Der Junge ist wohl tot auf dem Klo aufgefunden worden. Aber keine Sorge, ich habe ihnen nichts gesagt."

„Danke, Hailey."

„Damian, ich würde dich gerne wiedersehen. Wann hast du einmal Zeit für mich?"

„Am nächsten Wochenende habe ich noch nichts geplant, dann können wir uns gern treffen. Hast du was Bestimmtes vor?"

„Ja, kennst du das ‚Springs'?"

„Dieses Szenerestaurant in der Innenstadt, das immer ausgebucht ist?"

„Ja, genau das, lass uns um 20 Uhr dort treffen."

„Aber Hailey, das ist doch immer Monate im Voraus ausgebucht, da bekommen wir doch niemals einen Platz."

„Ach, Damian, mach dir darüber keine Sorgen, wir bekommen einen Platz. Das Restaurant gehört meinem Bruder."

„Wow, da wollte ich schon immer mal hin. Danke."

„Du brauchst dich nicht zu bedanken, ich wollte ja dich unbedingt wiedersehen, und außerdem musst du bezahlen."

Damian verstummte für einen Augenblick.

„Das war Spaß, ich kann bei meinem Bruder immer umsonst essen."

Daraufhin lachten beide.

„Gut, dann bis Samstag, ich freue mich."

„Bis Samstag, Hailey, ich freue mich auch."

Als Damian auflegte, durchzog ihn ein Gefühl der Freude, er konnte kaum noch aufhören zu grinsen. Während des Telefonats war er schon den ganzen Weg bis nach Hause gelaufen. Das war sein Tag. Er war sicher vor Werwölfen, und jetzt hatte sich auch noch das hübsche Mädchen vom Wochenende gemeldet, besser konnte es nicht laufen.

Er genoss den Tag zu Hause mit einem Buch und Fernsehen und musste die ganze Zeit an Hailey denken. Warum nur war es noch so lange hin bis Samstag? Am Abend schlief er ein mit den Gedanken an nächsten Samstag und wie toll es sein würde.

Rettung in letzter Sekunde

Die Woche schien wie im Flug zu vergehen. Auf der Arbeit lief alles wie geschmiert und seit sich Damian an Moschus und Silber hielt, hatte er weder Kontakt mit den Wesen der Unterwelt noch irgendwelche Gedanken an sie gehabt. Auch von seinen alten Freunden, die ja allesamt Werwölfe waren, hörte und sah er nichts mehr. Natürlich schmerzte es ihn, denn es waren seine besten Freunde gewesen und er wusste, er würde sie wahrscheinlich nie wiedersehen. Er empfand es als komisch, war aber gleichzeitig durch seine Angst auch beruhigt, dass es so war. Schließlich hatte er jetzt andere Probleme, denn er war meganervös wegen seines Dates. Die ganze Woche über machte er sich Gedanken, was er wohl anziehen sollte. Er freute sich darauf und hoffte gleichzeitig, dass alles gut laufen würde. Er musste ständig an Hailey denken. Er fand sie großartig und nach dem letzten Telefonat hatte er sich auch irgendwie in sie verliebt.

Damian macht sich ausgehbereit, er trug einen schwarzen Anzug, darunter ein weißes Hemd, und schwarze feine Schuhe. Die Haare hatte er sich hochgegelt. Pünktlich um 20 Uhr traf er vor dem „Springs" ein, wo schon eine lange Schlange von Leuten vor der Tür auf den Einlass warteten.

Wie sollte er Hailey hier draußen nur finden? Doch plötzlich ging eine Seitentür auf.

„Damian, komm."

Es war Hailey, die ihn hereinrief. Sie war wunderschön. Ihre langen blonden Haare hatte sie offen. Sie trug ein rotes Kleid und dazu rote High Heels. Sie nahm Damian bei der Hand und beide gingen in das Restaurant. Ein Kellner brachte die beiden zu ihrem Tisch. Sie hatten einen schönen Platz mit guter Aussicht nach draußen, wo der Mond und die Sterne sehr hell leuchteten. Der Kellner nahm gleich ihre Bestellung auf und brachte ihnen als Vorspeise eine Gemüsesuppe und zum Hauptgang einen Salat mit Hähnchenbruststreifen.

Die beiden unterhielten sich und genossen den Abend bei einem gemütlichen Glas Rotwein. Nachdem sie sich über die üblichen Dinge wie Arbeit und Hobbys ausgefragt hatten, fing Hailey an, wieder über die Nacht im Club zu sprechen.

„Damian, sei ehrlich, was war da los im Club?"

„Hab ich dir doch schon gesagt, es war eine Schlägerei."

Doch Hailey glaubte ihm nicht so wirklich und ließ nicht locker. Immer wieder versuchte sie Damian aus der Reserve zu locken. Doch Damian hatte immer die Regel „Niemandem etwas erzählen" im Kopf.

Irgendwann fragte Hailey: „Kommst du noch mit zu mir?"

„Klar, ich kann dich doch nachts nicht allein nach Hause gehen lassen."

Sie machten sich auf den Weg und auch auf dem Heimweg ließ Hailey nicht locker, so dass Damian sich irgendwann erweichen ließ.

„Na gut, Hailey, du hast es nicht anders gewollt. Du wirst mich für verrückt halten, aber die Geschichten über Vampire, Werwölfe und andere Wesen, sie sind alle wahr." Traurig erzählte er weiter: „Meine Freunde sind Werwölfe und sie haben diesen armen Typ zu Tode gebissen. Ich wusste es vorher nicht und ich konnte überhaupt nichts dagegen tun. Es fing alles mit einem Vampir an, den ich vor paar Wochen eine Frau aussaugen sah. Du hältst mich jetzt sicherlich für verrückt, aber genau so war es."

Beide schwiegen einen kurzen Moment lang, doch dann kamen aus einer dunklen Seitenstraße vier dunkle Gestalten auf sie zu. Sie waren komplett schwarz gekleidet und trugen lange Mäntel. Ihr Anführer war etwas größer und hatte lange schwarze Haare. Die vier hatten sie in Sekunden umzingelt und der Anführer trat an die beiden heran. Er fletschte seine Vampirzähne und sagte mit einer arroganten Stimme: „Nette Geschichten über Vampire erzählst du ihr da."

Damian und Hailey zuckten vor Angst zusammen.

Der Vampir kam noch dichter an Damian heran, roch an ihm und sagte: „Hm, Moschusduft." Dann nahm er langsam Damians Hand und streifte den Silberring von seinem Finger mit den Worten: „Oh, reines Silber." Er hob den Ring in die Luft und sagte zu seiner Gruppe: „Oje, Moschus und Silber, da haben wir aber Angst." Alle vier fletschten ihre scharfen Vampirzähne und lachten lauthals.

Dann sagte der Vampir: „Deine Hausaufgaben hast du scheinbar gemacht, Damian, aber du hast sie nicht richtig gemacht. Dir muss doch klar sein, dass Silber und Moschus überhaupt nichts gegen Vampire hilft. Ihr hättet besser etwas mit Knoblauch essen sollen.

Aber es ist gut so, wie es ist. Du hast mich vor ein paar Wochen gesehen und Zeugen mag ich überhaupt nicht. Wir haben nur darauf gewartet, dass du gegen die Regel verstößt. Das war es dann für euch."

Damian dachte bei sich: „Na klar, Knoblauch, was bin ich doch für ein Depp!" Er hatte die ganze Zeit an alles gedacht, nur diese blöden Vampire hatte er aus den Augen verloren, obwohl einer von ihnen es doch war, mit dem alles angefangen hatte.

Der Vampir rief: „Das Dinner ist serviert!"

Alle vier gingen langsam auf die beiden zu. Sie schienen die Situation richtig zu genießen. Es war irgendwie hoffnungslos, Damian und Hailey waren von vier zähnefletschenden Vampiren umzingelt. Es gab keine Aussicht, aus dieser Situation irgendwie wieder herauszukommen.

Doch plötzlich hörten sie eine Stimme: „Runter mit euch!" Damian und Hailey duckten sich.

Als sie den Kopf hoben, um zu schauen, was los war, sahen sie nur, wie ein Bumerang durch die Vampire flog und die Vampire zu schmelzen begannen. Sie hörten nur ein Zischen und danach lag ein Duft von Knoblauch und verbranntem Vampirfleisch in der Luft. Dann kam ein junger, circa 1,90 Meter großer und durchtrainierter Mann auf die beiden zu.

„Hi, ich bin Piet, ich beobachte dich schon lange, Damian. Der Professor hat mir vor einiger Zeit den Auftrag gegeben, etwas nach dir zu schauen. Du hast einen großen Fehler gemacht, du hättest ihr nichts davon erzählen dürfen. Nun seid ihr beide nicht mehr sicher. Wir müssen einen Plan entwickeln. Ihr solltet euer normales Leben beibehalten, doch wir müssen eine Tarnung für euch finden, denn sonst fällt es auf. Da ihr in großer Gefahr seid, werde ich euch alles beibringen, was ich weiß. Zusammen mit dem Doktor bekommen wir das schon hin. Am besten ist, ihr macht euch mit irgendwas selbstständig, denn dann können wir besser planen und niemandem wird so schnell etwas auffallen."

Damian sagte: „Gut, ich hatte schon immer eine Schwäche für Süßigkeiten und will mich schon seit Ewigkeiten selbstständig machen, hab mich aber nie getraut. Jetzt wäre genau der richtige Zeitpunkt dafür."

So kündigten Damian und Hailey ihre Jobs, zogen zusammen in Damians Wohnung und eröffneten einen Süßwarenladen.

Süßes für lange Zähne

Piet und dem Professor war klar gewesen, dass dieser Moment eines Tages kommen würde, und so hatten sie schon vor Monaten vorgesorgt und das passende Gebäude gekauft. Natürlich war dies die perfekte Tarnung, denn oben im Laden gab es Süßigkeiten und im Keller unter dem Laden richteten sich Damian und Hailey zusammen mit Piet einen Stützpunkt ein. Es gab dort einen Besprechungsraum, ein Labor, eine Waffenkammer, einen Trainingsraum und außerdem eine Bücherei mit vielen Werken über die Wesen. Damian und Hailey nutzten neben dem Training mit Piet die Zeit, um die Wesen in der Bücherei zu studieren. Piet und der Doktor hatten über Jahre das gesamte Wissen von anderen Jägern aus Jahrhunderten in Notizen oder in Büchern zusammengetragen. Eines Abends, nach dem Training, las Damian in einem Buch über Vampire. Es schien schon alt zu sein, denn es hatte einen braunen alten Ledereinband und die Seiten waren ziemlich vergilbt. Das Kapitel hatte die Überschrift: „Vampire zum Schmelzen bringen". Das klang gut, und wissbegierig, wie er war, fing Damian an, dieses Kapitel zu verschlingen.

Vampire zum Schmelzen bringen

Es ist möglich, Vampire mit Knoblauch zum Schmelzen zu bringen, allerdings gestaltet es sich ziemlich schwierig, denn Vampire hassen den Duft von Knoblauch und sie werden immer alles meiden, was auch nur ansatzweise danach riecht.

Nach einer Jagd ist es mir jedoch gelungen, einen Vampir zunächst gefangen zu nehmen und zu fesseln. Dies gab mir die Chance, ein wenig mit ihm zu experimentieren. Eines Tages kam ich auf die Idee, ihm Knoblauch zu verabreichen. Ich bat meinen Partner, ihn festzuhalten, während ich ihm eine Knolle Knoblauch in den Mund steckte. Er wehrte sich mit aller Kraft, allerdings hatten wir ihn so gut gefesselt und im Griff, dass es mir tatsächlich gelang, ihm die Knolle in den Mund zu drücken.

Kaum hatte er die Knolle im Mund, da fing er mit einem zischenden und brutzelnden Geräusch an zu schmelzen, bis er sich komplett aufgelöst hatte.

Damian hatte das Kapitel noch nicht zu Ende gelesen, da durchschoss ihn ein Gedankenblitz. Er dachte bei sich: „Es wäre doch schön, die Beschaffenheit von Knoblauch so zu verändern, dass Vampire ihn nicht riechen können. Dann hätte man die Möglichkeit, sie leichter und effektiver zu töten. Die Frage ist nur, wie?"
Also fing Damian an, in den nächsten Wochen in seinem Kellerlabor zu experimentieren. Jeden Abend nach dem Training mit Piet verschwand er dorthin, um an Knoblauch zu forschen. Zunächst versuchte er es einfach mit Wasser zu verdünnen, aber ein einziges Mal Riechen am Glas machte ihm klar, dass er gescheitert war. Er probierte auch sonst vieles aus, aber es wollte ihm nicht gelingen, den Knoblauch geruchs- und geschmacksneutral zu machen. Er wollte schon aufgeben, aber dann kam ihm die Idee, den Knoblauch mit Zucker und Wasser zu vermengen und diese Mischung dann zu destillieren.
Als das Knoblauch-Wasser-Gemisch endlich abgekühlt war, füllte er es in ein Glas. Er schnupperte daran, aber es roch nicht nach Knoblauch, und als er es probierte, da schmeckte er nur eine zuckerige klebrige Paste. Damian war etwas enttäuscht, denn von dem Knoblauch schien nach dem Destillieren nichts mehr übrig geblieben zu sein. Es war schade, aber immerhin hatte er auf diese Weise eine neue Paste für Bonbons entwickelt, die eine gute Zuckernote enthielten. So machte er aus dieser Paste ein paar wohlschmeckende Bonbons.

Er erzählte Hailey von seinem gescheiterten Experiment. Sie nahm ihn tröstend fest in die Arme und sagte: „Sei nicht traurig, Damian, du hast es wenigstens versucht, und die Idee war super, aber das wird wohl niemand schaffen." Dann probierte sie einen von den neuen Bonbons. „Wow, die schmecken lecker, dein Experiment hat sich auf jeden Fall allein dafür gelohnt."

Damian freute sich, dass die Zeit im Labor nicht verschwendet war, und so produzierte er eine Menge Bonbons mit der neuen Paste in allen erdenklichen Farben. Er gab jedem Gast, der den Laden besuchte, immer eines der neuen Bonbons zum Testen und alle waren augenblicklich so von der besonderen Geschmacksvariante angetan, dass sie gleich eine ganze Tüte der neuen Sorte mitnahmen. Es hatte sich gelohnt, sich die Nächte im Labor um die Ohren zu schlagen. Mit dem guten Verkauf der Bonbons konnte die Gruppe sich besseres Equipment und alles, was sie zur Jagd benötigten, kaufen.

Es war ein regnerischer Dienstag und Damian wollte gerade den Laden verlassen, da betraten drei düstere Gestalten das Lokal. Damian war überrascht, dass so spät noch jemand in den Laden kam. Doch an ihrer Kleidung und ihrem Auftreten erkannte er sofort, dass es sich um Vampire handeln musste. Er wich zurück, und kaum hatte er sie angesehen, da fletschten sie auch schon ihre Vampirzähne.

Der Anführer sprach ihn an: „Wir wissen, wer du bist, Damian, und diesmal wird dir keiner helfen."

Alle drei gingen langsam auf Damian zu, während der Obervampir mit seinen langen, ekligen gelben Fingernägeln auf den Ladentresen klackerte. Das tat er so lange, bis er gegen ein Bonbonglas stieß, das daraufhin zu Boden fiel und mit einem lauten Klirren zerbrach. Das hörte Hailey, die gerade in der Bonbonküche stand, und kam heraus. Erschrocken blickte sie ins Zimmer, denn auch sie wusste genau, was hier los war.

„Ach, Hailey, schön, dass du auch da bist. Komm, bleib doch zum Abendessen", sagte der Vampir lachend. Als er zu Boden blickte, sah er die blutroten Bonbons. „Oh, rot, meine Lieblingsfarbe. Was für ein Zufall. Ihr habt doch sicher nichts dagegen, wenn wir uns als Vorspeise ein Bonbon nehmen."

Damian antwortete „Nein, nur zu, bedient euch."

Der Chef der Bande nahm sich ein Bonbon und gab jedem seiner Mitstreiter ebenfalls eins. Sie steckten es sich geradezu gleichzeitig in den Mund.

„So, und nun zum Hauptgang." Er hatte dies gerade ausgesprochen, da begannen die drei Vampire sich komisch zu verhalten, so als würde ihre ganze Kraft und Energie schwinden. „Was, was ist das?", konnte einer von ihnen gerade noch aussprechen, dann schmolzen sie alle mit Zischen und brutzelnden Geräuschen zusammen, bis nichts mehr von ihnen übrig war.

„Wie ist das möglich?", fragte Hailey verwundert.

„Ich weiß auch nicht", sagte Damian. Doch dann dämmerte es ihm: „Hailey, kannst du dich noch an das Knoblauchexperiment erinnern? Die Bonbons wurden alle aus dieser Paste gemacht."

Hailey fiel ihm um den Hals: „Das ist ja fantastisch, Damian. Wir müssen es unbedingt sofort Piet und dem Professor erzählen. Wir haben nun ein überaus starkes Mittel, um den Vampiren in der Stadt den Garaus zu machen."

Damian rief Piet an und bat ihn, schnell in den Laden zu kommen. Kaum war er eingetroffen, da erzählten die beiden von ihrer neuen Errungenschaft. Piet war begeistert: „Wow, Damian, das ist super. Ich wusste, dass es eine gute Idee war, auf dich Acht zu geben, und ich bin froh, dass ich es gemacht habe. Nun haben wir eine wirksame neue Waffe gegen Vampire. Am besten ist, du produzierst so viel du kannst von dieser Paste."

„Piet, das wird nicht nötig sein, denn für meine Bonbons benutze ich sie als Rohmaterial, deshalb habe ich immer genug davon auf Lager."

„Gut, dann steht der Vampirjagd nun nichts mehr im Wege."

Die Jagd beginnt

In den kommenden Wochen brachten der Professor und Piet den beiden so viel bei, wie sie konnten, und eines Tages sagte Piet: „So, ihr seid nun so weit, um mit mir auf die Jagd gehen zu können. Den Rest werdet ihr nach und nach lernen."

In der nächsten Zeit gingen die drei gemeinsam auf die Jagd nach Unterweltwesen, während der Professor sich wie früher im Hintergrund aufhielt und Informationen sammelte oder neue Waffen und Mittel gegen die Unterwelt erfand. Leider war es für die Gruppe schwer, miteinander zu kommunizieren, wenn eine Jagd anstand, da die Unterwelt ihre Augen und Ohren fast an jeder Ecke der Stadt hatte. Daher beschlossen sie, dass Piet sie mittels eines Briefes in Form einer Einladung zu einem Fest zu den Treffpunkten rufen sollte. Darin würde Piet Damian und Hailey in einer entsprechenden Botschaft darüber informieren, worum es jeweils ging.

Gab es zum Beispiel laut Einladung als Hauptmenü Knoblauchsuppe, so wussten die zwei, dass es sich um Vampire handelte. Wenn hingegen die Worte „Moschus" oder „Parfum" in der Nachricht versteckt waren, dann war klar, dass es um die Jagd nach Trollen ging. Meistens stand auf diesen Einladungen so etwas wie: „Parfumparty, komm in deinem Lieblingsduft." Oder der Hinweis wurde in einer Grußformel versteckt, wie: „Mit besten Grüßen, Piet von Moschus". Stets wurden auch die Wesen sowie die mitzubringenden Waffen genannt, damit Damian und Hailey sich richtig auf alles einstellen konnten. Der Kreativität von Piet waren keine Grenzen gesetzt. Wenn zum Beispiel eine Einladung eintraf, auf der stand: „Tanz im silbernen Mondlicht", dann war klar, dass in dieser Nacht Werwölfe dran waren.

Es war an einem Freitagnachmittag, und Damian und Hailey freuten sich, endlich ein bisschen Zeit gemeinsam zu verbringen. Doch circa zwei Stunden vor Feierabend flatterte eine Nachricht in den Laden:

Hiermit lade ich Euch zur Duftparty in der Burning Street 23 ein.
Beginn: 18 Uhr
Ich freue mich auf Euer Kommen.
Beste Grüße, Piet von Moschus

Pünktlich um 18 Uhr trafen Damian und Hailey am Treffpunkt ein. Piet erwartete sie bereits. Sie hatten sich eine Menge Moschus aufgetragen und beide hatten zusätzlich jeweils noch eine ganze Flasche als Reserve dabei. Auch Piet war wie immer vorbereitet und hatte genug Ausrüstung bei sich.

„Gut, wo sind die Trolle?", fragte Hailey.

Piet antwortete: „Da unten in der Kanalisation. Dort müssen wir rein."

Damian fragte erstaunt: „Wie, in die Kanalisation? Ich dachte, die leben in Häusern."

„Das ist nur die halbe Geschichte, Damian, denn in Häusern leben sie nur zur Tarnung und um leichter und schneller Katzen einsammeln zu können. Wir müssen da runter in ihren Bau, um so viele wie möglich zu erwischen."

„Na gut, dann lass uns da runter auf die Jagd gehen", sagte Damian angriffslustig.

Doch Piet zügelte ihn. „Damian, wir müssen sehr vorsichtig sein. Auch wenn Trolle den Gestank von Moschus hassen und ihn kaum ertragen können, so vergessen sie das leicht, wenn du in ihr Reich eintrittst und damit ihre Familie bedrohst. Sie können, um ihre Gemeinschaft zu beschützen, sehr viel ertragen und werden dich wenn nötig angreifen. Sei also auf der Hut."

Dann brachte Piet zwei Fünf-Liter-Kanister voll Moschus herbei.

„Also, wir müssen runter und den Moschus direkt kurz vor ihrem Nest in den Wasserlauf schütten, das wird sie alle innerhalb von kurzer Zeit verbrennen und verätzen, und dann dürfen die Katzen in dieser Ecke der Stadt endlich wieder am Leben bleiben. Hailey, du musst hier oben bleiben und den Ausgang sichern, falls einer herauskommt und zu fliehen versucht. Hier hast du einen Karton mit Luftballons, sie sind alle mit Moschus gefüllt. Sollte also einer herauskommen, dann zögere nicht und wirf ihm einen Ballon direkt gegen den Kopf. Er wird dann platzen und den Troll verätzen."

Hailey nickte. „Okay, das mach ich."

„Gut so. Damian, lass uns aufbrechen."

Ganz langsam kletterten beide die Treppe in den Schacht hinunter. Ein seltsamer grüner Schleim tropfte von der Decke. Es war kalt und feucht, so dass beide bald zu zittern begannen. Sie waren umgeben von Dunkelheit. Die Luftfeuchtigkeit in der Höhle war so hoch, dass sie kaum atmen konnten. Hinzu kam der ekelhafte Gestank nach verwestem und verfaultem Fleisch, der ihnen in die Nase stach. Nur mit dem Licht einer Taschenlampe konnten sie den Weg in der Kanalisation erkennen. Beide gingen langsam und vorsichtig den glitschigen Gang in Richtung des Trollnests entlang. Kurz bevor sie dort ankamen, hörten sie Gespräche.

Einer der Trolle sagte zu einem anderen: „Oh, ich habe letzte Woche um die zwanzig Katzen eingesammelt, da waren sogar fünf besonders leckere Tigerkatzen dabei."

„Hm, Tigerkatzen hatte ich schon ewig nicht mehr."

Ein weiterer sang sogar beherzt ein Lied:

„Was riecht hier so nach Katze, nach dieser Brut?

Die kommt heute auf den Teller, das schmeckt so gut.

Wir wollen heute feiern mit Katzenfleisch so schön,

so wie es in Trollstadt gern gesehen."

Piet und Damian nahmen ihre Kanister und schütteten sie ganz langsam vor dem Nest ins Wasser.

Kurz darauf rief einer der Trolle: „Was riecht hier so, ist das Moschus?"

Kaum hatte er die Frage gestellt, da begann auch schon das
Geschrei.

Als Damian und Piet ein brutzelndes Geräusch hörten, wussten sie,
dass es die Trolle erwischt hatte.

„Schnell raus hier, Damian!"

Sie wollten gerade loslaufen, als Damian eine Hand auf seiner
Schulter spürte. Erschrocken drehte er sich um. Ein Troll mit zwei
feuerroten Augen blickte ihn an und schrie: „Dafür wirst du büßen!"
Mit festem Griff hielt er Damian an der Schulter. Dabei öffnete er
sein Maul so weit, dass er Damian den Kopf hätte abbeißen können.
Doch Piet nahm schnell einen mit Moschus gefüllten Ballon aus
seiner Ausrüstungstasche und schleuderte ihn mit voller Wucht
gegen den Troll. Als der Ballon an dem Troll zerplatzte, verätzte die
Flüssigkeit seine Haut so stark, dass er Damian vor lauter Schmerzen
losließ. Piet und Damian rannten darauf so schnell sie konnten in
Richtung Ausgang, doch der Troll lief ihnen mit schmerzverzerrtem
Gesicht wütend hinterher.

Es war gefährlich, denn der Gang war nach wie vor dunkel, es war
glitschig, und beide spürten, dass der Troll ihnen auf den Fersen war.
Sie hörten seine lauten Schritte und es war fast, als könnten sie den
Atem des Trolls im Nacken spüren. Ein eiskalter Schauer lief ihnen
den Rücken hinunter.

Als sie endlich wieder an der Leiter angekommen waren, die zum
Ausgang führte, kletterten sie so schnell sie nur konnten die

Sprossen hinauf. Zuerst kam Damian oben an. Als Piet gerade aus dem Loch steigen wollte, da packte ihn der Troll am Fuß, um ihn wieder in das Loch zu ziehen. Doch geistesgegenwärtig warf Hailey mehrere Moschusballons in das Loch hinunter, die den Troll allesamt erwischten und ihn so verätzten, dass er Piet losließ und allein zurück ins Loch fiel. Die drei hörten lediglich einen lauten Aufschlag, als der Troll zu Tode verätzt in der Kanalisation auf den Boden schlug.

Es war das erste Trollnest, das die Gruppe erfolgreich bekämpfte hatte.

Aber zum Feiern blieb keine Zeit, denn es war bereits spät geworden und alle waren von dieser Anstrengung müde. So machten sie sich auf den Heimweg, und als sie zu Hause ankamen, fielen sie vor Erschöpfung gleich ins Bett. Zwar waren sie sehr stolz auf ihre heutige Leistung, aber gleichzeitig wussten sie, dass dies mit Sicherheit nicht der letzte Besuch bei Trollen gewesen war.

Die scheinbar unbesiegbaren Wasserwesen

Die nächsten Tage und Wochen war es extrem ruhig auf den Straßen. Es war, als hätten sie mit ihrer letzten Aktion der Unterwelt einen empfindlichen Schlag versetzt.
Zwei Monate später, an einem Vollmondtag, bekam Damian eine außergewöhnliche Einladung:

Party am Hudson River
Beginn: Heute um Mitternacht
Gruß, Piet

Damian war verwundert. Er wusste nicht, was er am Hudson River um diese Uhrzeit sollte, und zudem gab es in der Einladung weder einen Hinweis auf irgendein Wesen noch auf irgendwelche Waffen, die er und Hailey mitnehmen sollten. Aber er und Hailey machten sich wie immer auf den Weg, denn sie wussten, dass es schon irgendetwas bedeuten würde.
Am Hudson angekommen, wartete Piet bereits an einem Steg und winkte die beiden zu sich. Es war tiefe Nacht und dennoch schien der Mond dermaßen hell, dass es auch Tag hätte sein können. Das Wasser funkelte und man konnte kilometerweit auf den hell erleuchteten See hinausschauen.

Damian fragte erstaunt: „Piet, was machen wir hier?"

Piet antwortete nur: „Nixen und Nixe."

Damian fragte: „Sag mal, du willst mich doch wohl für blöd verkaufen, oder? Ich dachte, Shellycoats gibt es nur in Märchen und Mythen."

Piet antwortete: „Damian, du müsstest es eigentlich besser wissen. Was hast du früher über Vampire, Werwölfe und Trolle gedacht? Da meintest du ebenfalls, dass sie nicht existieren. Ich will dich nicht für dumm verkaufen, warte es ab. Leider konnten der Doktor und ich bis jetzt nur sehr wenige Informationen über sie finden, denn wir kennen keinen einzigen Fall von jemandem, der es überlebt hat, wenn sie ihn geholt haben. Was wir allerdings wissen, ist, dass sie mit ihrer Stimme den Geist und die Sinne betören und verwirren können. Seid also sehr vorsichtig. Sie ziehen ihre Kraft aus dem strahlenden Licht des Vollmonds, durch ihn werden sie zu Meistern der Überzeugung und der Täuschung. Dazu sind sie atemberaubend schön, trotz ihrer grünen Hautfarbe. Man darf ihnen niemals in die Augen schauen, denn ein einziger kleiner Blick reicht aus, um sich sofort in sie zu verlieben. Dann beeinflussen sie dich mit ihren engelsgleichen Stimmen so, dass man alles für sie tun würde. Egal was also heute Nacht passiert, ihr dürft ihnen niemals in die Augen sehen, sonst seid ihr verloren. Sobald der Vollmond vorüber ist, verschwinden sie wieder, um an die tiefsten Stellen des Hudson zurückzukehren, denn ohne den Mond haben sie keine Kraft und

Macht. Dann sieht und findet man sie nicht mehr, so lange, bis erneut Vollmond ist."

Jetzt rief Hailey: „Schaut mal, da drüben, da geht eine Frau am Wasser spazieren!"

„Seht genau hin, es dauert nicht mehr lange", antwortete Piet. Kaum hatte die junge Frau das Wasser erreicht, da erschien auch schon ein grünlich leuchtender Mann an der Wasseroberfläche. Er war groß und durchtrainiert, und es schien so, als hätte er eine Ausstrahlung, die die Frau in eine Art Bann zog. Er rief ihr mit einer sehr angenehmen Stimme zu: „Komm zu mir, hab keine Angst! Komm dichter ans Wasser, ich zeige dir etwas!"

Als die Frau langsam zwei Schritte näher zum Wasser ging, blickte sie dem Nix tief in seine schönen hellblauen Augen und verlor sich in ihnen.

„Komm zu mir ins Wasser, mein Engel, ich erfülle dir all deine Sehnsüchte und Wünsche."

Sie war geblendet von seiner Schönheit und dem Gefühl des Verliebtseins. Sie hätte alles für ihn getan. So ging sie immer tiefer ins Wasser, und als sie direkt neben ihm stand, da nahm er behutsam ihre Hand. Doch kaum hatte er die Hand der Frau erfasst, zog er sie ruckartig in die Tiefe des Hudson Rivers. Es war so schnell gegangen, dass die drei es kaum mitbekamen. Man hatte weder einen Schrei noch sonst etwas von der Frau gehört. Sie nahmen nur ein leises Platschen wahr, als die zwei in der Tiefe des Sees verschwanden.

Damian war entsetzt: „Los, Piet, wir müssen ihr helfen!"

Doch Piet schüttelte nur den Kopf. „Wir können ihr nicht mehr helfen, sie ist schon tot. Die Shellycoats essen ihre Beute immer sofort, da sie wegen der geringen Dauer des Vollmonds nur wenig Zeit zur Verfügung haben. Außerdem wissen wir zu wenig über sie und haben keinerlei Ahnung, was uns dann im Wasser erwartet. Unsere Aufgabe heute ist, je ein weibliches und ein männliches Exemplar von ihnen zu fangen, damit der Professor an ihnen forschen und ihre Schwachstellen herausfinden kann. Nur dann haben wir eine Chance, beim nächsten Mal jemanden zu retten oder sie gar zu bekämpfen."

„Na gut. Aber wie stellen wir das an?", fragte Damian.

„Ich beobachte sie jetzt schon eine ganze Weile. In den letzten Monaten war ich, wann immer ich konnte, bei Vollmond hier. Sobald sie eine Person fixiert haben, kann man sie durch überhaupt nichts mehr ablenken, weder durch Rufen noch durch irgendwelche Bewegungen oder dergleichen. Beim letzten Mal habe ich einem sogar einen Stein an den Kopf geworfen, und selbst das schien ihn weder zu stören, geschweige denn irgendwie zu interessieren, so fixiert war er auf sein Opfer. Das heißt, einer von euch muss den Lockvogel machen, und sobald der Shellycoat abgelenkt ist, komme ich mit den anderen und einem großen Netz, um ihn gefangen zu nehmen. Er wird es nicht merken, da er durch seine Fixierung abgelenkt ist. Ich weiß, dass immer nur einer in einem bestimmten Radius jagt. Erst wenn er seine Beute hat und verschwunden ist, taucht ein neuer auf, deshalb wird uns auch erst mal kein weiterer in die Quere kommen."

Damian antwortete entschlossen: „Okay, Piet, ich mach das."

Hailey gefiel das überhaupt nicht. Zwar bewunderte sie Damians Mut, aber gleichzeitig hatte sie auch große Angst um ihn. „Bitte sei vorsichtig, Damian." Sie küsste ihn und Damian machte sich dann auf den Weg zum Wasser.

Piet rief ihm noch nach: „Egal was passiert, auf keinen Fall darfst du ihnen in die Augen sehen!"

Kaum hatte Damian das Wasser erreicht, da stieg auch schon etwas daraus hervor. Es war eine grüne, bildschöne Frau. Sie war sehr anmutig, mit einer schlanken Figur, funkelnden langen blonden Haaren, einem bezaubernden Lächeln und einer wahnsinnigen Ausstrahlung. Sie stand nackt vor ihm im Wasser im Lichtkegel des hellen Mondscheins und sprach mit der schönsten, einfühlsamsten und liebevollsten Stimme, die Damian jemals gehört hatte: „Hey, du schöner Mann, wohin geht die Reise? Ein so toller Mann wie du sollte nicht allein sein. Komm zu mir ins Wasser, ich erfülle dir jeden Wunsch."

Angezogen von ihrer Schönheit und von ihrer tollen Stimme, passierte es. Damian ging ein Stück näher, er verlor die Kontrolle und blickte der Nixe für einen kurzen Moment in ihre tiefblauen Augen. Er war wie verzaubert und vergaß alles um sich herum. Die Nixe winkte ihn zu sich und er ging langsam immer tiefer ins Wasser.

Hailey schrie: „So ein Mist, Piet, er hat ihr direkt in die Augen gesehen! Wir müssen ihm helfen. Los, beeil dich!"

Piet zögerte keine Sekunde, er nahm das große Fischernetz und die beiden rannten so schnell sie konnten zum Wasser, wo die Nixe Damian mit weiteren Versprechungen lockte, damit er ihr ins Wasser folge. „Komm noch näher, du wirst es nicht bereuen. Ich begehre nur dich."

Hypnotisiert von ihren wohlmeinenden Worten, ging Damian immer weiter, während Piet und Hailey ebenfalls das Wasser erreichten. Die Nixe hatte gerade Damians Hand genommen, um ihn in die Tiefe zu ziehen, da warf Piet ihr das Netz über und Hailey schlug ihr die Beine weg. Dann zogen sie das Netz zusammen und banden es fest zu, so dass die Nixe gefangen war. Kaum war der Blickkontakt zwischen Damian und der Nixe unterbrochen, stand er verwirrt und geistesabwesend im kalten Wasser des Hudson und blickte starr und hilflos in Haileys Richtung.

„Was ist passiert? Hab ich etwas verpasst?"

Hailey küsste ihn beruhigend und antwortete: „Keine Sorge, das erzähl ich dir alles später."

Die Nixe versuchte sich aus dem Netz zu befreien, erst mit sanften Bewegungen und dann mit voller Kraft, doch es half nichts, denn Piet hatte sie fest im Griff. Dann ließ sie einen grellen Schrei los, man konnte ihn wahrscheinlich kilometerweit über den Hudson River hören. Er war so grell, dass allen drei die Ohren schmerzten. Darauf merkten sie, dass das Wasser anfing, sich schneller zu bewegen, und in Sekundenschnelle kamen enorm viele Wellen auf sie zu.

„Schnell, wir müssen hier raus!", rief Piet und die Gruppe verschwand so schnell sie nur konnte aus dem Wasser. Sie schaffte es mit ihrer frisch gefangenen Nixe gerade bis zum Rand. Von dort aus blickten sie aufs Wasser zurück. Vor ihnen standen circa hundert Shellycoats.

Einer rief ihnen mit sanfter, engelsgleicher Stimme zu: „Bitte gebt uns unsere Freundin zurück, sie hat doch niemandem etwas getan." Doch die drei wandten sich vom Wasser ab und gingen schnell noch ein Stück näher zum Strand, wobei sie die Nixen ignorierten. Als diese merkten, dass die Gruppe sich nicht erweichen ließ, wurde ihr Ton plötzlich rauer: „Bringt unsere Freundin sofort zurück oder ihr werdet es büßen! Wir finden euch. Sobald ihr das nächste Mal auch nur einen Schritt ins Wasser macht, seid ihr dran."

Da die Gemeinschaft jedoch wusste, dass Nixen nur bei Vollmond aus ihrem Loch gekrochen kommen, ließ diese Drohung sie völlig kalt und sie brachten die Nixe zu Piets Van. Piet öffnete die Hintertür des Wagens, in dessen Laderaum ein abschließbares Aquarium mit abgedunkelten Scheiben stand. Er öffnete es, die drei hoben das Netz mit der Nixe gemeinsam an und warfen sie in das Becken. Dann schloss Piet das Aquarium ab, knallte mit Wucht die Tür des Vans zu und sagte: „Es ist Zeit aufzubrechen. Ich denke, das reicht für heute, und einen weiteren Nix werden wir bei dem riesigen Aufgebot wohl kaum gefangen nehmen können."

Anschließend fuhren Damian und Hailey nach Hause, um sich auszuruhen. Piet hingegen machte sich mit der Fracht auf den Weg zum Labor des Professors.

Als er dort ankam, wartete der Doktor bereits auf ihn. Stolz sagte er: „Gut gemacht, Piet, endlich haben wir es geschafft und können sie nun ausführlich studieren."

Als der Vollmond verschwunden war, öffnete Osborne vorsichtig das Aquarium. Er war total erschrocken, denn vor ihm lag im Wasser nicht die schöne Nixe, die die Gruppe gefangen hatte, nein, sie hatte sich enorm verändert. Vor ihm befand sich eine Frau mit grauen Haaren, ihr Gesicht war voller tiefer Falten und ihr Körper und ihre Haut waren so schrumpelig, als würde sie hundert Jahre alt sein. Wehmütig und mit einer krächzenden Stimme, die der einer Hexe glich, sagte sie: „Bitte lasst mich gehen, ich sterbe sonst."
Osborne antwortete ihr: „Erst wenn wir an dir geforscht haben, lassen wir dich gehen."
Das war natürlich eine Lüge, denn wer würde schon ein blutrünstiges, menschenfressendes Monster einfach wieder laufen lassen? Aber das wusste die Nixe ja nicht.
So begann Professor Doktor Osborne mit verschiedenen Experimenten. Er legte etwas Strom ins Wasser, aber es passierte nichts. Er warf Dreck und Müll in das Becken, aber auch hiernach tat sich nichts. Auch einige weitere Tests schienen der Nixe überhaupt nichts auszumachen. Sie war wohl so robust, dass es schwierig war, etwas gegen sie auszurichten. Osborne wusste bald nicht mehr weiter. Bei diesem Wesen war er auf etwas gestoßen, das all sein Wissen über die Unterwelt sowie sein wissenschaftliches Können übertraf. Nach mehreren Stunden war es endlich an der Zeit für eine Pause.
Der Doktor machte sich ein Brot mit Honigaufstrich, setzte sich zu der Nixe ans Aquarium und fing an zu grübeln.

Was könnte er wohl noch versuchen, um wenigstens eine kleine, auch nur ganz kleine Schwachstelle bei der Shellycoat zu finden? Während er so dasaß und vor sich hin träumte, lief ihm der Honig vom Brot über die Hand und tropfte in das Becken. Kaum schlug der erste Tropfen auf dem Wasser auf, fing die hungrige Nixe an, ihn genüsslich von der Wasseroberfläche wegzulecken. Tropfen für Tropfen aß sie den köstlichen Honig, und dann, nach nur kurzer Zeit, passierte es: Sie veränderte sich und schien wieder jung zu werden. Ihr Gesicht, ihr Körper, ihr gesamtes Aussehen verwandelten sich wie bei Vollmond, mit dem Unterschied, dass ihre Haut jetzt der eines Menschen entsprach.

Erschrocken und überwältigt fiel Osborne rückwärts um. Aber auch die Nixe war erstaunt und verwundert über ihre neue Gestalt. Zudem bemerkte sie gleich, dass noch etwas anders war. Sie hatte durch den Honig irgendwie die Fähigkeit bekommen, das Wasser zu verlassen. So trat sie mit ihrer ganzen Schönheit nackt aus dem Becken heraus.

Osborne hatte wahnsinnige Angst und wollte weglaufen. Doch kaum hatte er sich umgedreht, rief die Nixe: „Halt, wo willst du hin? Ich werde dir nichts tun. Du brauchst also keine Angst zu haben. Ich danke dir, denn mit dem Mittel, das du mir gegeben hast, muss ich endlich keine Menschen mehr essen. Zudem fühle ich mich jetzt fitter und stärker und ich kann sogar das Wasser verlassen. Alles das, wovon ich immer geträumt habe. Nun kann ich mich endlich von etwas anderem ernähren. Was war das?"

Ängstlich und mit leicht zitternder Stimme antwortete der Professor:
„Das war Honig."

„Was? Honig? Seltsames Zeug. Davon brauche ich unbedingt mehr."

„Okay, du sollst so viel Honig bekommen, wie du essen kannst, wenn
du uns hilfst im Kampf gegen die Wesen der Unterwelt. Was hältst
du davon?"

„Die Wesen der Unterwelt bedeuten mir nichts, und wenn ich dafür
keine Menschen mehr essen muss, dann helfe ich euch gern. Was
soll ich tun?"

„Nun, als Erstes brauche ich von dir Informationen über die Nixen
und Nixe."

„Frag mich. Was genau willst du alles wissen?"

„Als Erstes möchte ich gern wissen, wie man ihrem
hypnotisierenden Blick entkommt."

„Ich habe keine Ahnung, wie man dem Blick entkommen könnte."
Osborne seufzte enttäuscht.

„Aber was ich weiß, ist, dass es ein junger Typ einmal geschafft hat.
Er kam zu mir ans Wasser und blickte mir direkt in die Augen, doch
irgendwie konnte ich ihn nicht überzeugen. Hinzu kam, dass seine
Augen irgendwie seltsam waren."

„Seltsam?", fragte der Doktor.

„Ja, sie waren seltsam verdreht."

Osborne fragte genauer: „Wie verdreht?"

„Ja, seltsam verdreht. Er schaute mich an und das eine Auge schaute
in die eine Richtung und das andere in eine andere."

„Du meinst, er hat geschielt?"

„Wenn das bei euch so heißt, dann ja, er hat geschielt. Zudem musst du wissen, dass wir unsere Kraft vom Vollmond bekommen, wenn das helle Mondlicht in unsere Augen scheint, abprallt und auf die Augen eines Menschen trifft. Dann können wir ihn hypnotisieren und beeinflussen."

Osborne fragte: „Hab ich das richtig verstanden? Wenn das Licht von euren Augen zwar abprallt, aber nicht richtig in die Augen des Menschen scheint, dann kann er nicht hypnotisiert werden?"

„Genau richtig, deshalb müssen wir uns bei Manipulationen auch immer voll und ganz auf den Menschen konzentrieren, damit die Verbindung nicht abbricht."

Osborne dachte einen Moment nach und hatte plötzlich einen Geistesblitz. Er sagte voller Begeisterung: „Wie genial, da hat sich jemand gerade ein Glas Honig verdient."

Er holte ein großes Glas Honig aus der Küche, gab es der Nixe und fing an zu tüfteln.

Während seiner Tests fragte er sie: „Wie kann man Shellycoats töten?" Doch sie antwortete nur: „Ich habe absolut keine Ahnung. Aber warum willst du sie töten? Die Nixen und Nixe hier in New York essen Menschen nur, um zu überleben. Eigentlich schmeckt uns Menschenfleisch nicht besonders gut, aber Honig würden sie mit Sicherheit lieben. Du musst sie nur davon überzeugen, den Honig einmal zu probieren. Wenn sie sehen, was er alles bewirkt, dann werden sie auf Menschenfleisch verzichten."

„Das ist eine super Idee. Vielleicht helfen sie dann auch mit beim Kampf gegen die Unterwelt", sagte der Professor und ging zurück an seine Arbeit.

Er forschte mit Eifer und viel Geduld weiter, während die Nixe immer neben ihm saß, ihn beobachtete und dabei genüsslich Honig naschte. Dann, nach circa zwei Wochen harter Arbeit, war es endlich so weit, er hatte scheinbar die Lösung gefunden.

Er hatte mit zwei Prismen als Gläser eine Art Brille zusammengebaut. Die Prismen brachen das Licht, das auf sie traf, und leiteten es zur Seite weg. Dennoch konnte man durch die Brille ähnlich wie durch eine Taucherbrille ziemlich genau alles sehen.

„Nixe, schau her, ich glaube, ich habe die Lösung. Wenn meine Berechnungen stimmen, sollten die Prismen in der Brille das Licht so brechen, dass es nicht aufs Auge strahlt. Dann kann kein Shellycoat den Träger der Brille mit Hilfe des Mondlichts beeinflussen."

Die Nixe war begeistert: „Super, damit kannst du die Nixen ansprechen und sie vom Honig überzeugen. Ich schwöre dir, wenn sie ihn einmal probiert haben, dann wird das unsere, aber auch eure Welt enorm verbessern."

„Aber Nixe, sag mal, da du jetzt ein Teil des Teams bist, ich habe dich noch gar nicht nach deinem Namen gefragt. Wie heißt du denn?"

„Mein Name ist Havazia."

„Okay, Havazia, du kannst mich Osborne nennen, so wie alle meine Freunde. Ich muss sofort Piet, Damian und Hailey informieren, denn ich bin absolut kein Typ für den Außendienst."

Daraufhin lachten beide.

Der Doktor rief Piet an und sagte ihm, dass sie sich unbedingt so schnell wie möglich alle drei bei ihm einfinden sollten, denn er habe einen großen Durchbruch mit der Nixe errungen. Doch Piet gab Osborne zu verstehen, dass die drei erst einmal Wichtigeres zu tun hätten. Sie würden sich dann nach getaner Arbeit so schnell wie möglich bei ihm melden.

Das Ende der Schattenwesen

Denn am selben Tag hatte Piet schon eine Nachricht an Damian und Hailey rausgeschickt.

Heute Abend Party in der Eisenhower Street.
Eine neue Art zu feiern und tolle Erlebnisse warten auf Euch.
Beginn: 18 Uhr.
Ich freue mich über Euer Kommen.
Gruß, Piet von Schattenberger

Damian war verwundert, doch er wusste sofort, dass es sich um ein ihm unbekanntes Wesen handeln musste. So machten er und Hailey sich pünktlich auf den Weg. Wie immer wartete Piet dort schon auf die beiden. Er war so locker und entspannt, wie sie ihn noch nie bei einem solchen Termin erlebt hatten.

Hailey fragte ihn: „Piet, was ist los mit dir? Du bist so ausgeglichen und ohne Angst."

Piet antwortete grinsend: „Ganz einfach, das liegt daran, dass das Wesen, das wir heute jagen, uns nicht gefährlich werden kann. Wir jagen einen Schattenberger."

„Schattenberger? Was soll das denn bitte sein?", fragte Damian verwundert.

„Na ja, Schattenberger sind fiese Wesen, die man meist nur im Dunkeln erkennt. Sie heften sich an Menschen, die zu negativ denken. Sie sehen in der Dunkelheit aus, als wären sie der normale Schatten der Person, an der sie kleben. Sie sind extrem schwer zu erkennen, aber man kann es dennoch schaffen. Man muss den Schatten genau beobachten, denn man erkennt Schattenberger daran, dass ihre Bewegungen öfter ganz leichte Abweichungen von den Bewegungen des Menschen, an dem sie hängen, haben. Sobald sie sich einmal an einen zu negativ denkenden Menschen drangehängt haben, ist es wie ein Selbstläufer und es geht dann sehr schnell. Wenn ein Schattenberger von einem Menschen Besitz ergreift, dann fängt er an, noch negativer und sorgenerfüllter zu denken, und je negativer und sorgenerfüllter seine Gedanken sind, umso größer und stärker wird der Schattenberger. Es ist wie eine negative Spirale, aus jeder weiteren Drehung zieht der Schattenberger mehr und mehr Energie. Dann, eines Tages, wenn der Mensch genug gelitten und der Schattenberger seine ganze Energie von ihm abgezogen hat und riesengroß geworden ist, verschlingt er sein Opfer und zieht es für immer in die Dunkelheit. Anschließend legt der Schatten mehrere Jahre Pause ein, so lange, bis er neue Energie braucht, und dann wählt er sich ein neues Opfer aus, das er in Depressionen und in den Wahnsinn treibt. Schattenberger hassen das Sonnenlicht, da sie durch UV-Strahlung verbrennen. Deshalb zeigen sie nur nachts ihre wahre Größe. Am Tag kann sie nur ein echter Profi erkennen, da sie sich winzig klein machen und sich hinter der Ferse eines Menschen verstecken, um im Schatten zu bleiben. Manchmal, aber nur manchmal, wenn man genau hinsieht, kann man bei manchen Personen einen minimal kleinen Schatten hinter der Ferse erkennen, dann hängt dort ein Schattenberger. Unsere Mission ist äußerst wichtig, denn Menschen, die von einem Schattenberger befreit werden, fangen an, sehr positiv zu denken, ändern ihr Leben dramatisch zum Guten, und ausnahmslos jeder, der von ihnen befreit wurde, hat danach Großes für das Wohl der Menschheit geleistet. Deshalb ist es so wichtig, dass wir so viele wie möglich von diesen Monstern befreien. Den Mann, der hier lebt, beobachte ich schon seit einigen Tagen und ich habe bemerkt, wie sein Schatten von Tag zu Tag immer größer wurde."

Damian und Hailey folgten gespannt und mit offenem Mund den Ausführungen von Piet. Obwohl sie schon vieles erlebt hatten, waren sie immer noch überrascht über das, was so alles in New York lauerte.

Dann fragte Damian: „Ja, aber wie sollen wir ihn denn befreien?"

Hailey ergriff ebenfalls das Wort: „Ja, wie sollen wir das nur anstellen?"

Piet antwortete: „Ganz einfach, indem ihr beide ihn ablenkt."

Damian seufzte. „Wieso hab ich nur gefragt?"

Piet fuhr fort: „Also passt auf, das ist sehr wichtig. Ihr müsst ihn irgendwie in ein negatives Gespräch verwickeln, denn je mehr er dann davon erzählt und sich aufregt, umso größer wird der Schattenberger. Wenn er seine volle Größe erreicht hat, tauche ich mit dieser UV-Lampe auf und brenne den Schatten weg. Also ganz einfach."

„Aber wie sollen wir an ihn herankommen?", fragte Damian.

„Gut, dass du fragst. Er verlässt jeden Tag gegen 19 Uhr das Haus, um mit seinem Hund eine Runde zu drehen. Am besten wäre es, ihr fangt ihn irgendwo auf dem Bürgersteig ab und verwickelt ihn in ein Gespräch."

Damian und Hailey hatten circa 15 Minuten Zeit, um ihre Strategie zu besprechen.

Sie hatten sich gerade eine Vorgehensweise zurechtgelegt, da öffnete sich auch schon die Haustür und der Mann kam mit seinem Hund heraus. Es war ein circa 1,70 Meter großer Typ mittleren Alters und er hatte einen deprimierten Gesichtsausdruck, hängende Schultern und eine gebückte, resignierte Haltung. Seinen schwarzen Mischlingshund hielt er fest an der Leine, als er langsam losging. Kaum war er auf dem Bürgersteig angekommen, da stellten sich Damian und Hailey vor ihn. Hailey sprach ihn an: „Guten Abend, wir machen eine Umfrage zur aktuellen Bürgerzufriedenheit."

Der Mann antwortete mürrisch: „Ach, so ein Scheiß, der kleine Bürger hat in dieser Stadt weder einen Grund, glücklich zu sein, noch hat er die Chance, sich ein glückliches Leben zu erschaffen."

Kaum hatte er den Satz zu Ende gesprochen, sahen die beiden, wie der Schatten des Mannes wuchs und sich ausbreitete.

Hailey befragte ihn weiter: „Okay, dann finden Sie also das System nicht gerecht. Was halten Sie denn davon, dass Beamte eine Pension vom Staat bekommen und Sie nur eine kleine Rente?"

Nun wurde er aggressiv und antwortete: „Das ist ein Verbrechen an jedem hart arbeitenden Bürger. Unsere Scheißpolitiker und unser doofer Präsident sitzen in ihrem Luxus und tun nichts für die Bevölkerung. Dafür kassieren sie noch richtig Geld. Die lachen sich doch kaputt über unsere Dummheit. Jeden Tag gibt es Millionen Menschen, die sich abrackern für ein paar Dollar am Monatsende. Das kann doch alles nicht wahr sein."

Der Schatten wurde größer und größer, bis er seine volle Größe erreicht hatte. Jetzt kamen zwei Hände aus dem Schatten, die den Mann in die Dunkelheit ziehen wollten. Genau in diesem Moment sprang Piet mit der UV-Lampe aus dem Gebüsch. Er hielt das Licht direkt auf den Schattenberger drauf, worauf dieser Feuer fing und seltsam schrie, als würde er Höllenqualen erleiden. Piet hielt die Lampe so lange auf ihn drauf, bis er komplett verbrannt war.

Danach, als das letzte bisschen des Monsters verpufft war, lag ein Duft wie verbrannter Schwefel in der Luft.

„So, wieder einer weniger", sagte Piet erfreut.

Kaum war der Schatten verbrannt, zeigte der Mann eine völlig neue Mimik und Körperhaltung. Mit lächelndem Gesicht sagte er: „Was für ein toller Tag! Ich fühle mich so leicht und ausgeglichen. Kennen Sie so was auch?"

Damian sagte: „Danke für die Teilnahme, aber wir müssen leider schon wieder los. Wir wünschen Ihnen noch einen schönen Abend." Dann verschwanden alle drei durchs Gebüsch und liefen zurück zum Treffpunkt.

Honig statt Menschenfleisch

Dort angekommen, fragte Piet: „Habt ihr die Einladung vom Professor schon erhalten? Er will uns so schnell wie möglich sehen. Er hat wohl mit der Nixe einen entscheidenden Durchbruch erlangt."

„Nein, wir haben noch nichts bekommen", sagte Hailey.

Worauf Piet meinte: „Das kann schon sein, denn ich hatte ihm gesagt, dass wir erst einmal Wichtigeres zu tun hätten. Lasst uns morgen früh um acht Uhr direkt dort treffen. Dann können wir mit den neuen Erkenntnissen vielleicht den restlichen Tag noch etwas anderes planen."

„Gut, so machen wir es", sagte Hailey.

Anschließend fuhren die drei nach Hause.

Am nächsten Morgen fanden sie sich pünktlich beim Doktor ein und Piet klingelte.

„Havazia, das müssen Piet und die anderen sein. Machst du bitte mal auf?"

Die Nixe machte sich auf den Weg zur Tür und öffnete sie. Die drei standen sprachlos vor ihr und wussten nicht, was sie sagen sollten. Wer war nur diese bildschöne Frau und woher hatte der Professor sie so schnell als Assistentin bekommen?

„Hi, ihr kennt mich doch schon."

Alle drei schauten sie mit fragendem Blick an.

„Mein Name ist Havazia. Ich bin die Nixe, die ihr vor einiger Zeit gefangen habt."

Alle in der Gruppe machten vor Schreck automatisch zwei Schritte zurück.

„Ihr braucht keine Angst zu haben, der Doktor hat mich befreit. Nun brauche ich endlich keine Menschen mehr zu essen. Kommt bitte herein, Osborne wartet bereits auf euch."

Mit einem unguten Gefühl folgten Piet, Damian und Hailey der Nixe langsam ins Haus.

Kaum hatten sie das Labor betreten, da begrüßte Osborne sie. „Na endlich, da seid ihr ja."

Zunächst fiel allen ein Stein vom Herzen, denn sie hatten zuerst gedacht, es sei ein böser Trick der Nixe gewesen. Dann erzählte Osborne ihnen, wie die letzte Zeit bei ihm abgelaufen war, angefangen dort, als er die Nixe alt und hässlich im Becken gefunden hatte, bis zu dem Moment, als der Honig ins Becken getropft war und die Nixe wunderschön wurde.

„Aber dafür allein habe ich euch nicht herbestellt. Die Nixen und Nixe suchen schon sehr lange nach einem Weg, um endlich keine Menschen mehr essen zu müssen, und ich habe nun eine Lösung gefunden."

Alle drei blickten den Doktor erstaunt an, denn wenn das wahr wäre, könnte das ganze Volk der Unterwelt von New York mit einem Mal beseitigt werden.

Der Professor fuhr fort: „Ich gebe allerdings zu bedenken, dass wir sie erst einmal überzeugen müssen.

Das allein wird schon sehr schwierig werden. Hinzu kommt, dass sie nur bei Vollmond herauskommen und wir uns gegen ihre fiesen Manipulationen wehren müssen."

Piet war entsetzt: „Osborne, mein alter Freund, sei mir nicht böse, aber wie sollen wir das machen? Es ist unmöglich. Ich habe gesehen, wie sie Damian in Sekundenschnelle in ihren Bann gezogen haben. Es ist nicht möglich, ihnen zu widerstehen."

Damian und Hailey stimmten Piet zu.

Der Professor antwortete: „Piet, du müsstest mich gut genug kennen, dass ich niemals jemanden unnötigen Gefahren aussetzen würde. Ihr seid heute hier, weil ich mit Hilfe von Havazia etwas erfunden habe. Seht her, diese Brille ist mit speziellen Prismen bestückt, sie bricht das Licht des Mondes anders und dadurch seid ihr nicht mehr vom Blick der Shellycoats beeinflussbar. Mit dieser Brille könnt ihr ihnen ganz normal ins Gesicht schauen und mit ihnen sprechen."

Alle waren von der Erfindung begeistert und da schon bald der nächste Vollmond anstand, verabredeten sie sich, um die neue Technik auszuprobieren und die Shellycoats so schnell wie möglich zu überzeugen. Denn wenn sie eine Vollmondphase verpassten, würde es eine Zeit lang bis zur nächsten dauern und viele Menschen würden ihr Leben verlieren.

Drei Tage später war es so weit, dass der Mond am hellsten schien. Die Gruppe traf sich beim Professor. Doch dieses Mal entschieden sie, sich alle zusammen auf den Weg zu machen. Der Professor,

Havazia, Piet, Damian und Hailey fuhren gemeinsam mit dem Van von Piet zum Hudson River. Der Van war vollgepackt mit Honig und als zusätzliche Sicherheit hatte der Doktor für jeden eine der Spezialbrillen eingepackt.

„Ich hoffe, dass es funktioniert", sagte Osborne.

„Oh ja, das hoffe ich auch", antwortete Piet mit leicht unsicherer Stimme.

Am Hudson angekommen, parkten sie den Van in der Nähe des Wassers. Sie öffneten die Tür und wollten gerade alle aussteigen, da rief Hailey: „Halt, was ist, wenn es nicht funktioniert? Besser wäre es doch, erst einmal eine Person an das Wasser zu schicken, denn dann wird sich nur eine Nixe auf ihn konzentrieren und wir anderen haben im Notfall die Möglichkeit, ihn zu retten."

Alle waren sich einig, dass dies die beste Lösung sei.

Piet zögerte keinen Moment: „Her mit der Brille, ich gehe freiwillig." Er zog die Brille langsam an, stieg aus dem Wagen und ging in Richtung des Wassers. Es dauerte nicht lange, da tauchte auch schon etwas daraus auf und stellte sich vor ihm hin. Es war eine wunderschöne grüne Frau mit langen Haaren und einer tollen Figur. Nie zuvor hatte Piet ein solch schönes Wesen gesehen.

Die Nixe sprach ihn an: „Hey, du schöner Mann, komm zu mir ins Wasser."

Piet ging langsam näher. Er blickte der Nixe direkt in die Augen, und er merkte, dass sie keinen Einfluss auf ihn ausüben konnte, die Brille wirkte.

„Komm noch näher, ich erfülle dir jeden Wunsch."

Doch Piet antwortete unbeeindruckt: „Nein, erst einmal bleibe ich hier noch etwas stehen."

Die Nixe war verwirrt, doch dann fixierte sie Piet mit ihrer ganzen Kraft und versuchte es erneut. „Komm zu mir, jeden Wunsch und jede Sehnsucht kann ich dir erfüllen."

Piet grinste den Shellycoat an: „Nein, meine Gute, ich bleibe erst einmal hier stehen. Siehst du die Brille hier? Sie verhindert deine hypnotische Kraft. Heißt im Klartext, du kannst machen, was du willst, du wirst mich nicht beeinflussen."

Die Nixe war erbost und fragte ihn: „Was willst du hier?"

„Ich bin hier, um dir etwas anzubieten."

„Was kannst du mir schon anbieten, Mensch? Nichts von eurem seltsamen Zeug kann ich gebrauchen. Ich biete dir auch etwas an. Komm zu mir und ich erfülle dir deine Wünsche. Wie wäre das?"

„Sosehr mir dein Angebot auch schmeichelt, aber ich bin wirklich hier, um dir etwas anzubieten. Wie wäre es mit einer Alternative zum Menschenfleisch?"

„Das wäre schön, aber warum sollte ich dir und deiner Brille glauben? Vielleicht willst du mich auch einfach nur fangen oder mir sonst irgendwie Schaden zufügen. Mach es gut."

Sie wollte gerade ins Wasser verschwinden, da rief Piet ihr nach: „Halt, ich kann es dir beweisen, und wenn es nicht stimmt, dann darfst du mich essen!"

„Das klingt nach einem fairen Deal."

Dann rief Piet die anderen aus dem Van heraus und sie kamen mit ihren Brillen und einem Glas Honig zum Wasser. Piet nahm das Glas vom Professor entgegen, hielt es vor sich und sagte: „Das ist Honig. Er wird dir nicht nur viel mehr Kraft geben, er wird dir auch helfen, an Land zu kommen, wann immer du willst."

Die Nixe wurde misstrauisch: „Ihr seid Nixenjäger und wollt mich bestimmt vergiften und gefangen nehmen."

Sie wollte gerade wieder verschwinden, da nahm Havazia ihre Brille ab und blickte ihr direkt in die Augen. Als das helle Mondlicht in ihren Augen funkelte und zur Nixe zurückstrahlte, da wusste diese, dass Havazia eine von ihnen sein musste.

Erstaunt fragte sie: „Wie ist das möglich? Wie kannst du eine normale Hautfarbe haben und an Land existieren?"

Havazia antwortete: „Mit dem Honig. Vertrau mir, ich habe es auch nur zufällig mit diesen Menschen herausgefunden. Du brauchst endlich nie wieder Menschenfleisch zu essen."

Die Nixe ließ einen grellen Schrei los, der den anderen in den Ohren schmerzte, und innerhalb von Sekunden war die Jägergruppe von Shellycoats eingekreist.

„Na gut, ihr habt genau einen Versuch. Sollte es nicht klappen, dann werdet ihr alle sofort von den anderen aufgefressen."

Ängstlich und mit einem mulmigen Gefühl im Magen ging Piet vor bis zum Shellycoat und gab dem ihm den Honig. Die Nixe nahm langsam eine Handvoll davon aus dem Glas. Der Honig lief ihr über die Hand und tropfte ins Wasser. Sie beobachtete die klebrige Masse erst einmal. Dann führte sie ihre verklebte Hand zum Mund, probierte den Honig und sie verwandelte sich.

„Wie ist das möglich?", fragte sie.

Osborne trat einen Schritt vor sie. „Im Honig ist ein Enzym, das hält euren Verfall auf und lässt euch stärker werden. Piet, geh zum Wagen und hol den Rest."

Piet, Hailey und Damian gingen zum Wagen und brachten den übrigen Vorrat, den sie dabeihatten, ans Wasser. Dann gaben sie jedem der Shellycoats etwas von dem Honig, und einer nach dem anderen verwandelte sich in eine sehr menschenähnliche Gestalt. Darauf bedankten sich die Shellycoats, denn nun mussten sie keine Menschen mehr essen. Dann verließen sie das Wasser, um endlich das Leben an Land zu genießen und die Menschen von einer anderen Seite kennen zu lernen.

Das Team der Jäger verabschiedete sich noch schnell, stieg wieder in den Van und fuhr nach Hause.

Heute war der Gruppe ein entscheidender Schlag gegen die Unterwelt gelungen, und das, ohne auch nur ein Lebewesen zu töten oder zu bekämpfen. An diesem Tag waren sie ihrem Ziel, die Unterwelt von New York zu besiegen, einen riesigen Schritt nähergekommen.

Damian und Hailey in Gefahr

Die nächste Zeit verlief sehr ruhig. Irgendwann, an einem
Freitagabend, schloss Damian allein die Ladentür zu, denn Hailey
hatte sich seit langer Zeit mit ihren Freundinnen zum Essen
verabredet. Es war spät geworden, denn Damian hatte noch lange
im Laden geputzt und schon alles für die nächste Woche vorbereitet.
Kaum ging er die dunkle, nebelige Straße hinunter in Richtung seines
Zuhauses, standen da plötzlich drei Werwölfe im Licht des
Vollmonds vor ihm. Der Anführer, ein etwas größerer Wolf mit einer
grauen langen Strähne im Kopfhaar, rief: „Los, packt ihn!"
Als die beiden anderen Wölfe mit Geheul auf Damian zurannten,
nahm er seine Silberkette vom Hals und verpasste den beiden einen
gewaltigen Schlag, so dass sie tiefe, brennende Wunden im Gesicht
erlitten und die Flucht antraten. Doch der Anführer hatte sich
währenddessen von hinten an ihn herangeschlichen und sprang ihn
mit voller Wucht an. Mit seinen riesigen messerscharfen
Wolfsklauen packte er Damian an der Schulter, und als dieser zu
Boden fiel, drehte er sich durch den Schwung des Wolfes so schnell
in der Luft, dass er mit voller Wucht auf den Rücken knallte. Dabei
fiel ihm die Silberkette aus der Hand und rutschte einige Meter über
den Boden, wodurch sie komplett aus seiner Reichweite war.
Der Wolf näherte sich mit geiferndem Maul Damians Hals, während
er mit den Vorderpfoten auf seiner Brust stand und ihn mit seinem

Gewicht fest zu Boden drückte. Er wollte ihm gerade in den Hals beißen, da steckte Damian seine Hände zwischen den Beinen des Wolfes hindurch, riss sich seinen silbernen Ring vom Finger und steckte ihn dem Wolf in den Mund.

Man konnte sofort das schmerzverzerrte Gesicht des Wolfes sehen, als ihm kleine Flammen aus der Nase quollen. Er wollte den Ring wieder ausspucken, als Damian ihm einen harten Faustschlag gegen die Schnauze hämmerte. Der Werwolf verschluckte den Ring und ging in Flammen auf. Damian sah dabei zu, wie er verbrannte. Er verkochte komplett und auf der Straße blieb nichts weiter als eine schleimige klebrige Masse zurück, aus der der Ring klirrend zu Boden fiel und liegen blieb.

Der Geruch von Verbranntem lag in der Luft, als Damian langsam aufstand. Er fischte seinen Ring auf und wischte ihn sauber. Anschließend nahm er seine Silberkette und machte sich schmerzerfüllt auf den Heimweg.

Zur gleichen Zeit war Hailey allein auf dem Weg nach Hause, und als sie so auf dem Bürgersteig dahinging, hörte sie Schritte hinter sich. Es fühlte sich an, als würde jemand sie verfolgen. Mehrmals drehte sie sich ängstlich um, doch jedes Mal konnte sie nichts Verdächtiges erkennen. Doch kaum hatte sie sich zurück in ihre Laufrichtung gedreht, waren die Schritte wieder hinter ihr. Sie begann schneller zu gehen, bis sie irgendwann rannte. Auch die Schritte hinter ihr wurden immer schneller, bis Haily irgendwann an eine dunkle Straßenecke kam und die Geräusche verstummten. Sie dachte beruhigt mit Blick nach hinten: „Gut, ich habe ihn abgehängt", als sie gegen eine Person lief.

Sie blickte nach vorn und wich gleich reflexartig drei riesige Schritte zurück, da vor ihr ein Vampir mit langen grauen Haaren stand. Sie hatte große Angst, denn das war das erste Mal, dass sie auf sich allein gestellt war, und es war sehr unwahrscheinlich, dass ihr irgendjemand in dieser dunklen Seitenstraße zur Hilfe eilen würde. Ihre Angst und die Einsicht, in so einer schwierigen Situation allein zu sein. lähmten sie, und so, fast komplett steif, blieb sie vor dem Monster stehen. Die kleine Viole mit Knoblauchessenz, die sie sonst immer bei sich trug, hatte sie diesmal im Laden vergessen. Zudem hatte sie weder etwas Knoblauchhaltiges gegessen noch sonst irgendein Hilfsmittel gegen Vampire dabei. Krampfhaft versuchte sie sich zu erinnern, was Piet über Vampire gesagt und ihr beigebracht hatte, doch irgendwie fiel ihr gerade überhaupt nichts ein. Und dass der Vampir langsam näher in ihre Richtung kam, machte die Situation auch nicht gerade besser.

Als der Blutsauger ihr ganz nah war, packte er sie und sagte: „Mach dir keine Hoffnung, Weglaufen würde dir nichts nutzen, ich bin sowieso schneller als du."

Er hielt sie mit seinen ekligen Händen, die mit langen, dreckigen gelben Fingernägeln bestückt waren, an beiden Schultern fest, lehnte sich mit dem Kopf nach vorn und leckte sich mit seiner Zunge über die Lippen. Er wollte Hailey gerade aussaugen, als diese sich an eine spezielle Unterrichtseinheit mit Piet erinnerte. Es war so, als könnte sie Piets Worte tatsächlich noch einmal hören.

Piet hatte sie damals genau so festgehalten, wie der Vampir sie gerade festhielt, und hatte dann zu Hailey gesagt: „Wenn ein Vampir dich jemals so im Griff hält, dann gibt es nur eine einzige Möglichkeit zu entkommen: Du musst ihm etwas Spitzes in sein ungeschütztes Herz

rammen oder notfalls fest mit der Faust hineinboxen, dann hast du eine Chance."

Hailey zögerte nicht. Mit all ihrem Mut nahm sie den Haustürschlüssel aus ihrer Hosentasche, hielt ihn fest in der Hand und rammte ihn dem Vampir mit voller Wucht ins Herz. Er ließ sie los und sackte schmerzerfüllt zu Boden. Ihre Attacke tötete ihn zwar nicht, aber sie verschaffte Hailey genug Zeit, um nach Hause zu laufen, während der Vampir vor Schmerzen verkrümmt und schnaufend am Boden lag. Sie war sich sicher, nie wieder würde sie in Zukunft auch nur einen Teil ihrer Notfallausrüstung vergessen.

Sie war gerade zur Haustür rein und hatte sie geschlossen, da klackte das Schloss erneut und die Tür öffnete sich. Erschrocken blickte sie zum Eingang, aber es war nur Damian, der ebenfalls gerade angekommen war. Hailey sah, dass er verletzt war, und machte sich daran, die großen Kratzwunden des Wolfes zu reinigen und zu verbinden. Dann erzählte sie Damian, was ihr selbst unterwegs passiert war.

Damian sagte zu ihr: „Wie oft habe ich dir schon gesagt, vergiss nichts! Das hätte dich das Leben kosten können. Ich hoffe, du hast deine Lektion gelernt. Ich hatte heute ebenfalls Glück.

Beinahe hätte dieser Wolf mich gebissen und ich hätte mich dann auch in so einen stinkenden Hund verwandelt. Und warum habe ich überlebt? Weil ich immer meine Ausrüstung dabeihabe."

Hailey ergriff das Wort: „Ist ja gut, ich habe meine Lektion gelernt."

Damian küsste sie, nahm sie fest in die Arme und beide gingen zu Bett.

Doch als Damian am nächsten Morgen aufwachte, musste er feststellen, dass es ihn schlimmer erwischt hatte, als er gedacht hatte. Sein Rücken schmerzte extrem, zudem war er voll mit blauen Hämatomen, so dass die nächsten Tage definitiv gelaufen waren. Beide verbrachten daraufhin ein ruhiges Wochenende zu Hause.

Ein letzter Sieg und noch viel zu tun

Die nächsten Wochen verliefen erstaunlich ruhig. Es war fast so, als würde die Unterwelt schlafen. Doch eines Tages warf Damian einen Blick in die „New York Times", die auf seinem Ladentresen lag. Sein Blick fiel auf einen Artikel über vermisste Personen in New York. Kaum hatte er den Text zu Ende gelesen, da klingelte das Glöckchen der Ladentür und ein Kurier betrat den Bonbonladen. Er überbrachte Damian ein Kuvert und ließ sich die Übergabe quittieren. Anschließend verschwand er so schnell wieder, wie er gekommen war.

Damian rief Hailey aus der Bonbonküche: „Hailey, kommst du mal bitte?"

Diesen Ton kannte sie genau. Sie ließ alles stehen und liegen, verließ die Küche und kam in den Laden. Gemeinsam öffneten sie den Brief und natürlich war es eine Einladung zu einer Party.

„Sonne gegen Nacht"-Party,
vom Abend bis zum Morgengrauen.
Für das leibliche Wohl ist bestens mit Knoblauchsuppe gesorgt.
Knoblauchgetränke sind selbst mitzubringen.
Beginn: 20 Uhr
In der Brooklyn Street 13.
Beste Grüße, Piet von Krufthausen

Beide wussten, dass es sich um Vampire handeln musste und dass Damian seine Erfindung, die Knoblauchessenz, mitnehmen sollte. Hailey und Damian machten sich bereit. Sie packten eine Menge Knoblauchessenz ein, machten sich auf den Weg und trafen pünktlich am Treffpunkt ein.

Doch irgendetwas war seltsam, denn Piet war nicht da. Sie warteten und warteten. Es war eisig kalt in dieser Nacht. Mittlerweile war es bereits 21 Uhr und von Piet fehlte weiterhin jede Spur.

Damian fragte: „Was ist nur los? Wo bleibt Piet?"

Hailey antwortete: „Ich weiß es auch nicht. Vielleicht ist ihm was passiert. Ich mach mir auf jeden Fall große Sorgen. Vielleicht sollten wir die Aktion heute Abend abbrechen."

Damian stimmte ihr zu: „Ja, es wird wohl das Beste sein, abzubrechen. Ich habe erstens keine Ahnung, was hier genau abgeht, und zum Zweiten habe ich ohne Piet auch ein bisschen Angst. Der Werwolfangriff geht mir in letzter Zeit nur schwer aus dem Kopf."

Sie waren gerade dabei, sich wieder auf den Heimweg zu machen, da hörten sie eine Stimme: „Halt!" Es war Piet, der ihnen völlig außer Puste nachrief: „Es tut mir so leid, Freunde, aber ich musste noch einen Werwolf zur Strecke bringen, und der war weitaus stärker, als ich dachte. Aber jetzt bin ich hier und es kann weitergehen."

Irgendetwas tropfte auf den Boden. Man hörte nur diese Tropfgeräusche. Es hörte sich an, als würde Wasser aus einem Glas auf den Asphalt tropfen.

Damian sagte: „Schön, dass du noch gekommen bist, Piet. Wir waren schon beunruhigt."

Dann fragte Hailey: „Was tropft hier denn die ganze Zeit so seltsam?"

Als Piet jetzt näher kam, sah sie, dass sein weißes Oberteil fast vollständig von knallrotem Blut bedeckt war. Außerdem war ein riesiger Fetzen davon in Höhe von Schulter und Brust herausgerissen worden. Darunter konnte man eine sehr tiefe, vor Blut triefende Wunde erkennen.

Damian fragte ihn: „Was hast du denn gemacht?"

Piet antwortete: „Ach, das ist nichts, nur eine kleine leichte Kratzwunde vom Wolf. Also nichts Dramatisches."

„Leicht? Das ist alles andere als leicht. Lass mich mal sehen", sagte Hailey. Dann schaute sie sich das Ganze etwas mehr aus der Nähe an. „Oh Gott, Piet, du musst sofort ins Krankenhaus, du hast eine riesige klaffende Wunde."

„Nein, die Mission muss auf jeden Fall erledigt werden. Sie ist zu wichtig, um sie abzubrechen."

Damian fragte: „Was soll das heute überhaupt für eine Mission sein?"

„Damian, siehst du dort das leer stehend aussehende Restaurant auf der anderen Straßenseite?

Es ist nicht leer stehend, es gehört einem Vampirorden, und heute Abend findet dort ein Blutbankett statt. Dort werden einige Vampire lauern. Ich habe herausgefunden, dass sie in einem Nebenraum der Küche einige Menschen ausbluten ließen und das Blut gesammelt haben. Dieses Blut wird in der Küche

heute Abend zusammengetragen, in ihre dämlichen Vampirkrüge gegossen und dann unter den Blutsaugern verteilt. Wir müssen es irgendwie schaffen, die Essenz in den Riesentopf zu schütten, so dass alle von ihnen eine gute Knoblauchblutmischung bekommen und sofort vernichtet werden. Ich weiß, es ist nicht einfach, aber ich habe einen Plan. Hailey geht hinein und lenkt das Küchenpersonal ab, um sie nach draußen zu locken. Sobald sie draußen sind, schleichst du rein und schüttest die Essenz ins Fass. Um die Blutsauger hier draußen kümmern wir uns. Ich werde mich hier in der Hecke verstecken, und sobald Hailey an mir vorbeigerannt ist, werde ich die Verfolger vom Gebüsch aus mit der Essenz besprühen und alle Vampire, die drinnen wie die draußen, werden verbrennen. Lasst uns anfangen."

Piet nahm seine Position im Gebüsch ein und Hailey machte sich langsam auf den Weg zum Gebäude. Kaum hatte sie die Hintertür der Küche geöffnet, da stand auch schon ein alter Bekannter vor ihr. Es war der Vampir mit den grauen Haaren. Als er sie sah, wurde er wütend und rief: „Freunde, dort ist diese Vampirjägerin! Los, ergreift sie!"

Darauf kehrte Hailey um und rannte los. Der Plan schien aufzugehen, denn alle Vampire begannen Hailey zu folgen.

In diesem Moment schlich Damian durch die Hintertür in die Küche. Es war sehr gruselig, denn er wusste, dass ein paar Dutzend von ihnen nebenan im Speisesaal saßen. Wenn ihn nur einer entdecken und Alarm schlagen würde, hätte er keine Chance, auch nur ansatzweise zu entkommen. Doch als Damian die Tür zum Nebenraum mit dem Blutfass öffnete, da passierte es, vor ihm stand ein Vampir. Beide schauten sich direkt an. Der Vampir wollte gerade etwas rufen, als Damian ihn mit einem festen Faustschlag gegen die Brust zu Boden beförderte. Als er da so nach Luft schnappend lag, schüttete Damian ihm ein wenig von der Essenz in den Mund und der Vampir begann zu brutzeln und sich aufzulösen. Anschließend schüttete Damian eine Viole Knoblauchessenz in das Blutfass und verschwand, so schnell er nur konnte, aus dem alten Restaurantgebäude.

Zur gleichen Zeit kamen die Vampire, die Hailey verfolgten, an Piet vorbei. Er zögerte keine Sekunde und besprizte sie beim Vorbeilaufen aus dem Gebüsch heraus mit der Essenz. Auch sie verbrutzelten mitten auf dem Bürgersteig.

Als die Vampirkellner in die Küche kamen, waren sie zwar verwundert, dass dort kein Küchenpersonal mehr vorhanden war, aber der Blutdurst der Gäste sowie der eigene trieb sie an, die Krüge schnell selbst zu füllen und sie im Speisesaal zu verteilen.

Es dauerte nicht lange, da hörte die Gruppe draußen ein lautes zischendes und brutzelndes Geräusch, das aus dem Gebäude kam und das man wegen der vielen verbrennenden Vampire sehr klar und deutlich hören konnte. In diesem Moment wussten sie, dass Damian es geschafft hatte. Sie hatten dieses Mal bestimmt einen halben Vampirorden vernichtet.

Piet sagte noch: „Wir haben es geschafft", bevor er ohnmächtig zusammenbrach.

Hailey und Damian hoben ihn auf und brachten ihn in das nächste Krankenhaus. Sie riefen von unterwegs aus an, so dass die Ärzte bereits auf sie warteten und Piet sofort entgegennahmen. Sie brachten ihn in den Operationssaal, um eine Not-OP vorzunehmen. Damian und Hailey warteten über zwei Stunden. In dieser Zeit trafen auch Osborne und Havazia ein.

Der leitende Arzt kam endlich zu ihnen und sagte, dass Piet durchkommen werde. Dann fragte er: „Was ist da eigentlich passiert?"

Damian antwortete ihm: „Er wurde von einem Bären angegriffen."

„Bär? Sie wollen mich doch auf den Arm nehmen. Ich denke eher, es gibt keine Bären in New York."

„Oh doch, die gibt's", sagte Damian.

„Na gut", sagte der Arzt mit einem zwinkernden Auge, als er „Bärenangriff" in der Krankenakte notierte. „Sie können nun kurz zu ihm ins Zimmer, er braucht jetzt viel Ruhe."

Die vier betraten das Zimmer, begutachteten Piet und fingen an, den Raum so herzurichten, dass keine Kreatur der Unterwelt ihn betreten konnte.

Hailey hielt Piets Hand und gab ihm einen Kuss auf die Stirn mit den Worten: „Piet, werde bald wieder gesund." Dabei merkte sie, dass Piet ihre Hand zart drückte, und so wusste sie, dass so weit alles in Ordnung war.

Sie verließen das Krankenhaus, um Piet die Ruhe zu geben, die er brauchte. Doch noch in derselben Nacht liefen zwei Vampire den Krankenhausgang entlang und an Piets Zimmer vorbei. Sie wollten gerade hineingehen, um dem großen Jäger den Rest zu geben, da merkten sie, dass es sinnlos war, dies auch nur zu versuchen, denn viel zu gut hatte die Gruppe den Raum abgesichert. So entschlossen sie sich, das Krankenhaus wieder zu verlassen.

In den nächsten Wochen musste die Gruppe ohne Piet auskommen, was zwar schwer war, aber es gelang ihnen doch ganz gut, New York auch so von dem einen oder anderen Wesen zu befreien.

Dann, nach sechs Wochen, als Piets Wunden fast verheilt waren, konnte er endlich aus dem Krankenhaus entlassen werden. Alle vier holten ihn von dort ab, denn sie waren so froh, dass er endlich wieder zurückkam.

Osborne brachte ihn nach Hause und sagte: „Ruh dich erst mal ein paar Wochen aus."

Piet antwortete: „Ich habe mich genug ausgeruht, du weißt doch, ich bin froh, wenn ich auf die Jagd kann."

Endlich war Piet zurück, und eines war klar: Die Unterwelt würde auch weiterhin einen starken Feind haben.

Ende

Kaum ein Mensch glaubt an die Erzählungen über Wesen aus der Unterwelt, doch die Geschichten über Vampire, Werwölfe, Trolle und andere außergewöhnliche Wesen, sie sind alle wahr.

Der junge Büroangestellte Damian macht sich nichts aus der Unterwelt, bis er eines Tages einen mysteriösen Vorfall mit einem solchen Wesen beobachtet.

Er ahnt noch nicht wie dieses Ereignis seine Zukunft maßgeblich beeinflussen wird.

Eine spannende Geschichte über jemand der über sich selbst hinaus wächst, über scharfe Zähne, falsche Freunde, zarte Liebesbande und viele Wesen, die es wirklich gibt.

Bibliografische Information der Deutschen Nationalbibliothek: Die Deutsche Nationalbibliothek verzeichnet diese Publikation in der Deutschen Nationalbibliografie; detaillierte bibliografische Daten sind im Internet über dnb.dnb.de abrufbar.

© 2019 Tim Friedrich

Herstellung und Verlag: BoD – Books on Demand, Norderstedt

ISBN 978-3-7494-4675-9